官能小説 —

まぐわいウォーミングアップ

梶 怜紀

竹書房ラブロマン文庫

目次

この作品は、竹書房ラブロマン文庫のために
書き下ろされたものです。

第一章　幼馴染はアスリート

「お兄ちゃん、いるんでしょ、開けてよっ！」

ドアを無遠慮に叩く音がする。

愛美（まなみ）の声だ。

「お客さん、もう看板ですよ」

そう言いながらも、愛美なら仕方がない、と白崎幸樹（しろざきこうき）は店の入り口のカギを開け、愛美を招き入れた。

ここは、東京は下町。ある私鉄駅の商店街の末端に位置する老舗（しにせ）の洋食店「佐久間（さくま）屋」である。幸樹はこの店の六代目のオーナーシェフだ。

閉店後、明日の仕込みと片づけをやって、そろそろ引き上げようかと思ったところを愛美に襲われた。

入ってきた愛美は眼が据わっていた。酒臭い。

（こりゃまた負けたな……？）

カウンターに突っ伏した愛美に、水を出してやる。

水野愛美は近くにある名門私立、城南大学スポーツ・健康科学部四年の水泳選手である。今日は大学選手権の日。彼女の本命の競技、一〇〇メートル平泳ぎの決勝があったはずだ。これで優勝できればオリンピックの選考会にもなる日本選手権への弾みになる。

ネットで速報を確認すると、彼女の記録は、決勝最下位の八位。優勝タイムより十五秒も遅い。優勝したのは無名の選手。まだ一年生のようだ。日本記録タイという素晴らしいタイム。

オリンピックはあと一年半後に迫っており、二十二歳という彼女の年齢からすると、今、こんな体たらくでは、絶対にオリンピック出場は無理だ。

「お兄ちゃん、酒、ないの？　ビールでもワインでも出してよっ！」

この記録で荒れるのは無理もない。彼女は決して勝負強い選手ではなかったが、決勝で最下位なんていう成績は国際大会でだって取ったことはないはずだ。

「おい、やめとけよ。明日は二〇〇メートルがあるんだろ。そんな調子で行ったら、持っている実力を発揮できないよ」

「一〇〇で優勝できないのに、二〇〇でなんか、優勝できるはずないでしょ」

二〇〇は前回のオリンピックで銅メダルを取った選手をはじめ、有力選手が目白押しだ。

愛美は、カウンターを拳でがんがん叩きながら泣き出した。

愛美はほんとうに不運な選手だ。練習の女王と言ってもいいかもしれない。練習では一〇〇メートルでは一分五秒、二〇〇メートルでも二分二十秒を切る記録を持っていて、向かうところ敵なしだ。しかし、それがどうしても試合の結果に結びつかないのだ。

もちろん、小さな大会や格下の選手しか出場しない大会ではぶっちぎりで優勝することはあるけれども、有力選手が出場する大きな大会や国際大会になると、二位にはなれても優勝に一歩手が届かない。

メンタルの弱さがあるのかもしれない、とも考え、そういう訓練も受けているらしい。しかし何をやっても結果が得られていない。

大抵は、今日みたいに無名の伏兵に優勝メダルを持っていかれてしまう。

それでも今日ほどひどい成績の話は聞いたことがなかった。

愛美と幸樹は幼馴染（おさななじみ）である。生まれたのは東京の郊外で、同じマンションに住んでいた。

年齢は二歳違い。幼稚園に入るか入らないかの時から、二人とも近所のスイミングスクールに通っていた。

当時から、愛美は幸樹を「幸樹お兄ちゃん」と呼んで慕（した）っている。

そのころから二人の実力はずば抜けていた。

同じスイミングスクールの同年代の子どもには負け知らず。選手育成コースに入って、順調に実力を伸ばし続けてきた。

幸樹は勉強が嫌いだったこともあって、全て水泳に捧げるぐらいの気持ちで練習に打ち込んでいたものだ。

しかし、幸樹には実力の限界が早くに訪れた。中学校の市大会では優勝して都大会に出場するものの予選敗退。その後は全然記録が伸びなくなり、高校二年の時はほとんど燃え尽きてしまった。

泳げないカッパほどみじめなものはない。幸樹は荒れた。

自堕落な生活で不良化し、補導されたこともある。そんな幸樹を心配してくれたのが、佐久間屋の五代目で、幸樹の母方の祖父に当たる佐久間総一郎（そういちろう）である。

昔からおじいちゃん子だった幸樹は、総一郎の勧めるままに佐久間屋でバイトを始め、自分には料理人が向いていることに気づいた。高校卒業とともに調理師学校に入り、調理師の資格を取ると、祖父の店の六代目として働いている。

祖父は、高齢を理由に昨年引退。店の権利はもちろんまだ祖父のものだけど、幸樹が実質的なオーナーシェフだ。

味は大旦那には敵わないというのが常連のお客さんの評判だが、長身で、水泳で鍛えたスリムな身体を白いシェフ服に包んだ幸樹は女性客に人気が高く、店はそれなりに繁盛している。

一方愛美は天井知らずの実力の持ち主で、中学生の時にはもうオリンピック強化選手に仲間入り、将来を嘱望されていた。

「人魚姫」と呼ばれるほど水が大好きで、高校、大学と水泳推薦で進み、この七、八年、日本のトップスイマーの一人として名を連ねていた。

そんな愛美は実力強化のために、水泳の国内留学という名目で中学校の時に転校してしまい、幸樹とは縁が切れてしまった。数年ぶりに再会できたのは、城南大の寮に入って、佐久間屋にたまに食べに来るようになったからである。

総一郎は、城南大のスポーツ選手をものすごく応援しており、食べに来れば、大盛りにしたり、一品おかずを多くつけたり、必ずサービスしていた。それで、店は城南大の学生が引きも切らずに集まっていたのだ。

愛美は幸樹が働いていることを知ると、週一は必ず来て食べていくようになった。大抵は他のお客さんが少ない閉店間近に来て、話をして帰ることが多い。

幼馴染で、昔水泳を本気でやっていた幸樹と話すのは、彼女にとって癒しになるらしい。

しかし、精神が安定するだけで勝てることはありえない。最近のスランプは特に厳しいようで、二十歳過ぎてから、大きい大会では全く勝てなくなっている。

前回のオリンピックの切符を逃した時は、まだ四年後がある、と言っていたが、若手がどんどん台頭しており、オリンピックは今度が最後のチャンスだ。

「引退しようかな……」

愛美がぽつりとつぶやいた。

幸樹は選手の大変さを知っているから何も言えない。黙って妹分の俯く姿を見下ろしている。

しばらく続く沈黙。彼女は何かを思っている。

突然口を開いた。

「お腹すいた。お兄ちゃん、何か作ってよ」

「えっ、もう片付けも終わって、掃除も済んじゃったよ。今日は勘弁してよ」

「でも、お兄ちゃんは夕飯まだなんでしょ」

「まあ……」

口を濁(にご)す。

今日は忙しくて、夕飯を食べる時間がなかった。

幸樹用の賄(まかな)い飯は、ラップをかけてお盆に載せてある。

幸樹はこれから二階の自室に上がって、そこで撮りためておいたビデオでも見ながら食べるつもりだった。

それを愛美は横目で見ている。

「美味(おい)しそうだね」

愛美は舌なめずりをするような声で言った。

「お兄ちゃんの料理、愛美、大好きなんだ。いつもたくさんサービスしてくれるじゃない」

「そりゃあ、営業時間に来るからだよ。もう営業時間は終わったんだからさ、サービスはなしだよ。それより明日も試合なんだから、帰った方がいいよ」

愛美の顔が崩れた。と思うと、眼から大粒の涙が零(こぼ)れてきた。

「お兄ちゃんたら、こんなに傷ついている愛美を邪険にしたぁ……」

嗚咽を上げて泣き出した。

幸樹は、感情の不安定な愛美にすっかり振りまわされ、オロオロしてしまう。

「わ、分かったよ。泣くなよぉ……。な、何か作ってやるからさ。でも、ここはもう使えないんだよ。俺の部屋でよければ作るよ」

もちろん、そう言えば諦めると思ったのだ。しかし、その期待はあっけなく外れた。

「お兄ちゃんの部屋？　いいよっ、お兄ちゃんの部屋で一緒に食べるぅ」

愛美の表情が一気に明るくなった。

幸樹が住んでいるのは、かつては祖父母夫妻が住んでいた２ＬＫだ。店の二階にあって、今は営業を休止している宴会場の奥にある。祖父母は『引退した以上、店の見えないところに住みたい』と言って、老人用のマンションを見つけて移り住んでしまった。

研究熱心だった祖父は、新作料理の研究が出来るようにと、自宅のキッチンを広めに作り、コンロも業務用を入れていた。愛美の食事一人前ぐらい、すぐに作ってやれるだろう。

「外の玄関から入ってよ」

いくら何でもお客さんを裏から通すわけにはいかない、と愛美をいったん店から出し、幸樹は自宅に上がった。

ちなみに佐久間屋は祖父の時代に五階建てのビルにして、一、二階は佐久間屋とオーナーの住居、その上は賃貸マンションにして貸している。二階のオーナーの住居も、マンションの入り口から入ることができた。

マンション側から部屋に入ってきた愛美は、物珍しそうにきょろきょろしている。

部屋着に着替えて、キッチンから顔を出した幸樹は、後輩のアスリートに声をかけた。

「今、チャチャッとやっちゃうからさ。愛美はビールでも飲んで待っていてよ」

冷蔵庫から缶ビールを出して一本を愛美に手渡すと、自分ももう一本のプルトップを開けて、一口飲む。

「炒飯でいいか？」

「お兄ちゃんの作ってくれたものなら何でもいいよ」

幸樹は冷蔵庫から中華ハムを取り出すと、細かく刻み始めた。材料が揃うと早速コンロに火を入れ、ご飯を炒め始める。

十分ほどで炒飯、鶏のから揚げ（これは冷凍を戻したもの）、ホワイトシチュー（幸樹の賄い）、サラダ（幸樹の賄い）二人分をテーブルに並べた。

「ほら、食えよ」

幸樹は自分もテーブルに着く。

「いただきます」

挨拶をすると早速、愛美は炒飯に取り掛かる。アスリートだけあって、愛美は健啖(けんたん)家(か)だ。

「凄(すご)く美味しいよ、お兄ちゃん、ありがとう」

ほんとうに美味しかったようで、愛美はあっという間に平らげる。幸樹はまだ食べ終わっていない。

すると、愛美は幸樹の皿にスプーンを伸ばして、残っている炒飯を掬(すく)い取って自分の口に運んでしまった。

「おい、お前は食べ終わったんだろ、俺の皿にまで手を出すなよ」

「そんなの、いいじゃん。まだ残っているんだからさ」

そう言うなり、愛美はまた一さじ取る。

「はい、お兄ちゃん、あーんして！」

「おい、いいよっ、子供じゃあないんだから」

照れてそう言いながらも、口を「あーん」と開けてやる。そこにスプーンを入れた愛美はにこやかに言った。

「こうやっていると、あたしたち恋人みたいだね」

「大丈夫、恋人じゃないから……」

軽口で返すと、突然真面目な顔をした愛美が訊いてきた。

「ねえ、お兄ちゃん、あたしって女としてそんなに魅力ない？」

愛美とは長い付き合いだが、そんなことを言われたのは初めてだ。

じっと見つめられると、慌ててしまう。

「そ、そんなことないよ。愛美は可愛いよ」

これは嘘ではない。佐久間屋に来るときはいつもジャージ姿だし、あとは競泳用の水着姿しか思い浮かばないから、女以前にアスリートであるとしか感じていないのも確かだが、幼いころから可愛かったことは間違いない。

童顔で年よりかなり若く見られるのが難点だが、それだからこそ、ちゃんとおしゃれすれば、今だって、十分美少女で通用する。

「だったら、あたしとエッチできる？」

「そんなの、もちろんできるよ。任しておけよ」

幸樹は彼女が冗談を言っているのだろうと思って、軽く返した。

「じゃあ、エッチしようよ」

「エッ、何？」

幸樹は驚いて訊き返す。

「だから、これからエッチしようって誘った」

「ちょっと待ってよ。今は大会中だろ、そんなばれたら、大変なことになるぞ」

「そんなの、大丈夫だよ。アスリートは性欲の強い人が多いから、結構試合の前後にエッチしているよ」

あっけらかんと言いながら、愛美は続けた。

「今、とてもセックスしたい気持ちなんだ。お兄ちゃん、愛美を抱きたいでしょ？」

「えっ、何でそうなるんだよ。だ、第一これまでそんなこと考えたことないし……」

「そうだったら、今考えてよ。あたしって、可愛いんでしょ」

「うん、か、可愛いよ」

ここで否定するわけにはいかなかった。しかし、その答えを聞くと、愛美は嵩にかかってきた。

「だったら、抱きたいでしょ。その可愛い愛美が、こうやって迫っているんだよ。

『据え膳食わぬは男の恥』って言うんでしょ。あたしが据え膳になるって言っているの。これで抱かなかったら、お兄ちゃん、男じゃないよっ」

「ちょ、ちょっと待ってよ」

「ううん、待たない。あたしが可愛いならエッチできるよね。できない、ということは可愛くないということだよね」

そう言いながら、愛美はジャージを脱ぎだし、あっという間に下着姿になってしまった。何の変哲もないベージュ色のブラジャーとショーツの組み合わせだ。

思いがけない誘惑に、幸樹はもう固まってしまっている。何とか息を呑み込んで尋ねた。

「ど、どうしたんだよ。突然、そんなこと言って！」

「だから言ったでしょ、愛美、今、凄くエッチしたい気分なんだもの……」

そう言いながらも、愛美はブラジャーのホックを外していた。

乳房をむき出しにした二十二歳の女子大生は、幸樹に抱きついてきた。

そのまま二人はソファーの上に倒れ込む。女子大生スイマーの可憐な唇が幸樹の唇に吸い付いてくる。

こうなれば仕方がなかった。

唇同士を密着させ、吸い合った。幸樹が舌先で唇をノックしてやると、愛美の唇が僅かに開いた。そこに男の舌を侵入させると、それを吸引するように自分の方に引き込んでくる。

水泳一筋で、愛美にカレシなんかいたことがないとばっかり思っていたから、幸樹はこの積極的な行動に驚いた。

女子大生の舌は、幸樹をうっとりさせるほど柔らかかった。

舌と舌とが絡み合う。舌のざらつきをお互いに感じながら、唾液を合わせていく感じは、何ものにも替え難い魅力がある。幸樹は冷静さを忘れ、更に愛美の口の中を弄っていく。

「ああっ、ううっ」

苦しいのか、眉間に皺を寄せて、声を上げる。

「ああっ、ごめん」

思わず唇を離すと、一度抜けていた手に力が入り、愛美から再度キスを求めてきた。

「いいのぉ、もっとして、あたしもお兄ちゃんの口の中、たっぷり味わうから」

鼻を鳴らすように小声でそう言うと、今度は自分から舌を入れてきた。

舌同士が再度絡み合う。送られてくる唾液が甘い。しかし、今度は受け身になったおかげで、幸樹は少し余裕ができた。すると気になるのは、Tシャツ越しに自分の胸に押し付けられている愛美の乳房だ。

アスリートの乳房だけあって、巨乳ではない。それでも押し付けられればひしゃげるぐらいの大きさはある。

それを観察すべく、身体をずらして乳房に眼を落とす。お椀(わん)型の美乳だった。乳暈(にゅううん)がはっきりしていて濃く、またその面積が広いのが、幸樹の好みに合っている。

「めっちゃ綺麗(きれい)なおっぱいだね」

「うふふ。普段はスポーツブラを着けたり、水着でぎゅっと押し付けているからそうは見えないらしいけど、これでもDカップだよ」

「へぇーっ、触ってもいいかな……」

おずおずと尋ねる。

「いいよ」

優しく手を伸ばす。

見た感じはもっとしっかりしているかと思ったが、指で押してやるとめり込んでいくプリンのような乳房だ。

「ほお……」

その感触に思わず声が出てしまう。

「愛美のおっぱい、柔らかい？」

「うん、とっても柔らかくて、可愛いよ」

「お兄ちゃん、柔らかいおっぱいって好き？」

「とっても好きだよ」

「ああっ、よかった」

ほっとしたように言うのが、ますます可愛らしい。

幸樹は、指先に力を込めて、ゆっくり揉み始める。

「あはん……」

吐息が熱い。美少女の顔が上気してくる。

「ああん、お兄ちゃんに揉まれていると思うだけで、気持ちが良くなるの」

こんな小悪魔的に言われると、幸樹も興奮せざるを得ない。

「もっと強く揉んでも大丈夫かい？」

「お兄ちゃんの好きなようにしていいよっ」

愛美の鼻息が少し荒くなっている。

（強く揉めば、もっと興奮してくれるかもしれない）

幸樹は掌全体に力を分散させ、絞り上げるように揉み始めた。

「ああっ、じんじんするのぉっ、お兄ちゃんに揉まれると、おっぱいが熱くなって……、ああっ、凄く変になってしまいそう……」

切なそうな声が、幸樹の興奮をますます昂進させる。

吐息の漏れる唇にまた唇を合わせ、舌同士を擦りつけるスピードに合わせるようにして乳房を揉むと、女子大生の身体がピクピク動くのがいじらしい。

「おっぱい、吸っちゃおうか？」

「ああっ、吸ってよ、お兄ちゃん、愛美のおっぱい吸ってよ」

その言葉を機に幸樹はTシャツを一気に脱ぎ捨て、その勢いで唇を愛美の乳首に吸い付かせる。

「ああっ、お兄ちゃん、そんなに強く吸って……」

しかし、そのいやいやする様子に媚びが含まれることに気づいた幸樹は、舌で乳首を嬲りながら、更に強く吸い上げる。愛美の乳首はそれだけで急激に膨張し、硬く屹立した。

「ああん、おっぱいがしこってくるぅ」

「うふふ、愛美ぃ、気持ちいいんだろう」

いる。

「でも、おっぱいを弄られて、こんな風に震えるのは、気持ちいい証拠だよ。正直に言っていいんだよ」

「ああっ、お兄ちゃんが気持ちいいんですぅ……」

「そう、そう、僕は、正直に教えてくれる愛美が好きだな……」

「ああっ、ああっ、でもっ、そんなにされるとぉ、愛美ぃ、気持ち良すぎて、おかしくなってしまうかもしれないぃぃぃぃ」

幸樹は右の乳房を揉みながら、左の乳首を吸い上げる。適当に時間がたつと、交替して今度は左の乳房を揉みながら、右の乳首を吸い上げる。

その交互の攻勢が、愛美の快感をどんどん盛り上げているようだった。

「ああっ、お兄ちゃん、いいの、いいのっ、ああっ、もっときつくおっぱいを揉んで、あたしの嫌なことを忘れさせて……」

そこで幸樹は愛美がどうして自分を求めたかをはっきり自覚した。彼女は今日の試合のことを、自分に抱かれることで忘れたかったのだ。

「ああっ、駄目っ、それぇ……」

乳首を軽く歯嚙みすると、快感が体内に走る様子で、腰までぴくぴくと痙攣させてあまりに切ない妹分の気持ちを思うと、手に込めた力も弱ってしまう。

「どうしたの、お兄ちゃん、そんなに優しく触らないで。不甲斐ない愛美にお仕置きするつもりで、もっときつく揉んだり、吸ったりしてよっ」

愛美は涙声になっている。やはり今日の成績は彼女にとってショック以外の何物でもなかったのだ。

そんな愛美を、幸樹は優しく慰める。

「どんなに頑張ったって上手くいかないことはあるよ。僕は愛美みたいに才能がなかったから、あっという間に限界が来たけど、それでも自分が周りで一番じゃないということを知った時は、子供心にも結構ショックだった。それでも頑張ってきたけど、ある時プッツンと切れてね。不良になっちゃった」

幸樹は愛美から身体を離すと、彼女を起き上がらせながら、さらに続ける。

「でも人生は水泳だけじゃないからね。僕は料理の世界を知って、じいちゃんの跡を継ぐのが天職だと思えるようになっている。水泳をしていたころ、自分がじいちゃんのお店を継ぐなんて、考えてもいなかったんだけどね」

幸樹は愛美の肩に両手を置いて、じっと見つめていった。

「どんな大選手だって、いつかは引退するときが来る。愛美にとってそれが今なのかもしれない。でもね、明日も試合があるんだろう。今日のことは忘れて、明日に専念してさ。それでも勝てなかったら、引退することにしても全然遅くないと思うよ。今日のことを引きずって僕とセックスしたところで、明日の試合に何のメリットもないと思うよ。帰って寝たほうがいいよ」

俯くようにして話を聞いていた愛美は、幸樹の話が終わると、きつい目で幸樹をにらんできた。

「そんなことを言っているけど、本当はお兄ちゃん、愛美のこと可愛いと思ってないんでしょう?」

「そうじゃないって……。明日の試合に差しさわりがあるから、帰ったら、って言っているだけだよ」

幸樹は、正直なところ、うんざりしている。

愛美に興味はある。しかし、試合に悪い影響を与えそうなことをするのは、元水泳選手としてはやはりはばかられるし、第一、こんなに荒れている日には抱きたくない。

しかし、愛美は強情だった。

「試合に影響があるかどうかなんて、何でお兄ちゃんに分かるの。あたしはね。お兄ちゃんに抱かれると、いい成績が取れるような気がするんだ。だから、エッチしようよ……」

パンツ一枚で、涙を目にいっぱい浮かべながら、精一杯自分に抱かれようとアピールしている愛美を見ると、やはり不憫だ。今日、愛美の望みのまま彼女を抱いて、明日の試合は悪い成績を取らせて、引退への引導を渡してやるのが自分の役割なのかもしれない。

いろいろ思うと、何にも言えなくなる。

それに幸樹だって若い男だ。こうされて、自分のペニスが静かにしているはずもなかった。外から見ても分かるほどいきり立っている。

そこに愛美が気づいた。

「お兄ちゃん、興奮してる。愛美のヌードでおち×ちん、立っちゃったかな……」

「おい、若い娘が、おち×ちんなんて、露骨に言うなよ」

幸樹は、慌てて腰を引いた。

「うふふ、いいから、いいから……、愛美に任せてね」

そう言うなり、部屋着のハーフパンツに手を掛けた。トランクスごと一気に引き下ろす。

「何するんだよ」

「ああっ」

二人の驚きの声が重なった。

全裸になった幸樹の股間で、勢いよく怒張が飛び出した。

堂々と天を衝くように反り返った逸物を見て、愛美は眼を見開く。

「へえっ、お兄ちゃんのおち×ちんって、大きいんだ」

「愛美、な、何で、そんなこと分かるんだ」

「だって、おち×ちん見たのって、初めてじゃあないから……」

どきどきするようなことを言いながら、愛美は躊躇なく肉棒に手を伸ばしてくる。

「ちょ、ちょっとやめろよ」

幸樹は情けなさそうな声を上げるが、美少女とも言ってよい女子大生に逸物を握られるのは、決して悪い気分ではない。

「ほ、本当にやめてよ」

「いいから、いいから」

愛美は、幸樹が本気で嫌がっていないことを見抜いていた。

しっかり手筒でホールドすると、ペニスの硬さを確認するようにぎゅっと力を込めた。

「お兄ちゃんのここ、凄く熱くて、硬い……」

熱い吐息を零しながらそう言うと、手指の力を弱めてゆっくりと上下にさすり始めた。

水泳で鍛えた指は細くて長い。そのしなやかな指で肉竿を優しく擦り上げられると、それだけで幸樹は下腹部がきゅっとなり、睾丸が持ち上がってしまいそうに思える。繊細な掌が男の敏感な亀頭部を摺り上げると、幸樹は更なる快感に襲われる。

「ああ、ああっ……」

悦びの声に、愛美の手の動きが激しくなる。

思わず、言ってしまった。

「愛美、唾を垂らすんだ」

愛美は分かったと言わんばかりに頷くと、口許から唾液をツーと垂らしていく。唾液まみれになった肉茎は更に滑りがよくなり、愛美の指の動きもリズミカルになる。

指が動くたびに粘着した唾液がクチュクチュいう。

「お兄ちゃん、気持ちいい？」

「気持ちよくない。もうやめて、帰れ！」

そう言うべきであることは分かっていた。しかし、現実の気持ち良さは、幸樹にそうは言わせない。

「ああっ、気持ちがいいよっ、くううう」

正直に感想を言わずにはいられないほど、肉棒が一気に痺れてくる。竿の根元がぴくぴくと波打ち、幸樹は無意識のうちに、腰を左右に震わせている。

「やだ、もっと硬くなってるぅ……」

愛美も幸樹のペニスに興味津々だ。呟くように言いながらも、そのつぶらな瞳を猛々しく反り返る逸物に集中している。

(愛美がこんなにエッチだったなんて……)

幼い妹分としてしか見ていなかったけれども、こんなことをしている様子を見ていると、その伸びやかな肢体から醸し出される色気が、新しい愛美の発見につながる。

小さめの唇から吐息を零している。ほとんど化粧っ気のない頰が更に紅潮している。

一度クールダウンした後は、幸樹からはどこにも触れていない。にもかかわらず愛美はかなり興奮している。

自分の逸物で興奮してくれる女を、男はすべからく愛するものだ。幸樹も愛美をますます愛おしくなっている。

「もっとお兄ちゃんに気持ちよくなってもらうためには、どうしたらいいの？」

うっとりした瞳を向けて、愛美が訊いてきた。その潤んだ眼が思いのほか色っぽく、幸樹は思わず口走っていた。

「お口でもしてくれると……」

（ああっ、言っちゃったぁ……）

これで嫌われるなら仕方がないとも思いながら、愛美の顔を見ると、女子大生アスリートはあっさりと言った。

「いいよ。フェラしてあげる」

「えっ、本当か？」

こんなにすんなりとＯＫするとは思わなかったので、驚きで訊き返してしまう。

「本当だよ」

「経験あるの……？」

「まあ、一応……」

落ち着いた声で言いながら、肉棒に顔を近づけてくる。

「フェラするときは、自分もパンツを脱いで、スッポンポンでして欲しいなあ」

「フフフ、お兄ちゃんって、本当はエッチだったんだね」

共犯者の笑みを浮かべながら、あっさりとショーツを脱ぎ捨てたアスリートは、すぐさまソファーの下に降りると、顔を幸樹の股間に入れてきた。

「あうっ、愛美、ううっ」

次の瞬間には、柔らかな口腔粘膜が、幸樹の亀頭を包み込んでいく。

最初に出会ったときは、まだ幼稚園児で、一緒にスイミングスクールに行くとき、幸樹の後ろに隠れているような子だった。その子が美女に成長して、自分の肉棒をおしゃぶりしてくれている。そのギャップを考えるだけで、萌えてしまう。

「んんん……んんんん……んんん……ああんん……」

愛美のフェラチオは繊細でかつ大胆だった。

最初は亀頭をチロチロと味わうようにくすぐり、カリの谷間を確認するように舐めてくる。

それから、大きく亀頭を口奥に送り込み、舌を丸めて左右にダイナミックに動かしながら亀頭の裏筋を強く攻めてくる。

頭が大きく前後に動き、屈めている上半身の下で、Ｄカップの柔らかい乳房が小刻みに揺れているのに更にそそられる。

「ああっ、凄いよぉ……、愛美っ、くふふぅぅ……」

彼女の舌や口腔粘膜が亀頭のエラや裏筋を擦る度に、頭の先まで快感が突き走り、幸樹は思わず悦びの声を上げてしまう。

幸樹の悦楽の声に触発されるように、頭の動きがさらに大胆になった。

もう深夜ともいうべき時間に、部屋に響き渡るチュパチュパという吸引の音は、ますます男の情感を際立たせる。

（なんでこんなに上手いんだ……）

愛美にこれだけ的確な口唇愛撫の技術を教えた男に嫉妬してしまう。しかし、それ以上に大胆に男のツボを悦ばせてくれると、快感以外のことはどうでもよくなってしまうのだ。

「んぐぐぐっ、ぷはーっ、お、お兄ちゃん、気持ちいいのぉ？」

腰を切なげに動かす先輩を見て、愛美は一回肉棒を吐き出すと、幸樹に確認してきた。

小さく紅い唇が艶めかしく濡れている。

「す、凄くいいよっ、愛美がこんなに上手だったとは知らなかった」

「あたしだって、いつまでもねんねじゃないもの……」

おどけて言ってはみせても、瞳に時折見せる暗い影は、やはり明日の試合への不安なのだろう。

しかし、幸樹はそれを指摘する気はもはやなかった。自分とのセックス（まだしていないけど）は彼女の選んだ選択肢なのだ。その結果、明日の成績が悪かったら、彼女も吹っ切れるだろう。そうなるように導くのが年上の役割だ。

「じゃあ、そろそろお返しの時間だね。あとはベッドでしようか。お姫様抱っこで運んでやるよ」

「いいよっ、重いから……」

断る愛美を強引に抱きかかえると、幸樹は愛美を自分の寝室へ運んでいく。

ベッドにそっと女子大生の裸体を置く。

こうやって見るとさすがに水泳選手だけあって、均整がとれている。

ややいかり肩なのは競技上仕方がないだろう。胸もヒップも決して大きくはないが、その形はよく、かつ、ウエストの括れがしっかりしている。しかし、そのプロポーションには無駄がなく、機能的な女性らしさを感じさせられる。

腕も足も細くて長いが、しっかり筋肉がついて、普通の女の子と一線を画しているのも水泳選手ならではだろう。

幸樹はベッドに上がると、愛美の長い脚を膝立てさせて、その間に顔を入れていく。

「恥ずかしいっ」

顔を左右に振って拒否しようとするが、幸樹ががっちり抱えた足は動かせない。

愛美の女の中心をしっかり見る。

ヘアはもともと薄めのようだが、水着を着るためにほぼ半分剃り落としている。その下の秘唇は、口で言うほどには使い込まれている様子はなく、女子大生らしい楚々とした佇まいだ。そこに指をそっと伸ばしていく。

陰唇に軽く触れると、それだけで、その部分がピクリと動き、狭間からじんわりと粘液が漏れ出してくる。

「濡れてる……」

「ああっ、お兄ちゃん、言わないでぇ……」

「でも、愛美はスケベだから……」

「スケベじゃあないもん」

「スケベじゃない女の子は、男に向かって無理やり、『抱いて』なんて言わないぞ?」

「ああん、だって、今日はお兄ちゃんとエッチしないと、寝られなそうな気がしたんだもん」

「じゃあ、眠るためにも、僕のやることには逆らわずにちゃんと協力してよ」

「は、はい。その代わり、よく寝られるように愛美をいっぱい可愛がってっ」

「任せてよ」

幸樹は秘密の花弁の間に広がる濡れた紅色の粘膜の中に、人差し指をそうっと押し込んでいく。中の女襞（にょひだ）はそれをぎゅっと締め付けてくる。

それに逆らうように中で指を少し曲げてかき混ぜてやる。中の襞々がまとわりついてくる。

「中が熱くて、やけどしそうだよ……」

「あああああぅ！」

女子大生は股間を震わせながら、控えめだが、甲高（かんだか）い声で啼（な）いた。

その指を抜くと、たっぷりと愛液が付着している。幸樹はそれを舐めとった。

「ああっ、そんなことしないで……」

大げさに指をしゃぶるところを見せつけてやると、愛美は小声で恥ずかしげに横を向く。

「もうしないよ。もっと直接、愛美の愛液を飲ませてもらうから……」

幸樹はそう言うなり、舌を陰唇のあわいに伸ばしていく。

舌が陰唇に触れると、愛美はピクリと股間を震わせ、「だめっ」と小声で言う。

それを無視して、男は陰唇の周辺に舌を伸ばし、そこから中心に向かって、舌先を動かしていく。狭間の窪みに舌が入り込む。

「レロレロレロレロ……」

舌を小刻みに動かすと、女子大生はたまらないように声を出した。

「あっ、だめっ、いやっ、あああああん」

幸樹は愛美の声に反応して、ますます舌の動きを活発にする。陰唇からクリトリス、そして再度の膣口と、女の中心の性感帯をところかまわず舐めまわす。

ちょっと乱暴な愛撫だが、本当に性欲が強ければ、これにしっかり反応してくれるはずだ。

「ああっ、お兄ちゃん、そ、そんなにされたら、駄目になりそう……」

甲高い嬌声とともに、ヒクつく媚肉の狭間からは、これでもかと言わんばかりに愛液が止めどもなく流れ落ちる。

幸樹は香り立つ牝(めす)の匂いに酔いしれながら、必死に受け止めて吸い上げる。

「ああっ、お兄ちゃんにそんなにされたら、ああん、あたしぃ、イッちゃううう……」

アスリート女子大生は舐められただけで、最初の絶頂に達していた。身体がピンク色に染まり、呆(ほう)けていた顔が更にびっくりしたような表情に変わる。

急激な絶頂感に、愛美は声を上げ続ける。

「ああぁっ、だめなのぉ……、お兄ちゃんが、お兄ちゃんが……」

愛美が身体を弓なりに反らした。そして、今までにないような声を上げた。

「いくぅ……、いくぅ……、イッちゃうぅぅぅ」

身体が激しく痙攣し、今までとは勢いが違う愛液が、ぴゅっと女の中心からほとばしる。

幸樹はそれに気が付くと、受け止めようと本能的に口を陰唇に密着させる。半分は口の中に放出されたが、それに至るまでの噴出液は幸樹の顔をすっかり汚していた。

幸樹は自分の愛撫でここまでイッてくれた女子大生に、喜びと興奮とを隠せない。溢れ出てくる愛液を、どこまでも飲み込んでいく。

女の絶頂は長く続くが、それでも次第に落ち着いてきた。愛美はあられもない自分の絶頂の表情を、幸樹に示したことが恥ずかしくてたまらない様子だ。顔をしっかり隠して、幸樹の方を見ようともしない。

「愛美ちゃん、とっても素敵だったよ」

「ああっ、うそぉ、こんな変な愛美じゃ、お兄ちゃんに嫌われるぅ……」

「そんなこと絶対にないよ。逆に僕は、愛美が潮を吹いてくれて、ますます、愛美のことが好きになってしまいそうなんだ」

「ほ、本当？」

「もちろんだよ。それよりも、エッチはこれで終わりではないからね。知っていた？」

「は、はい」

「愛美はほんとうに僕としたいの？」

「ああっ、もちろんだよぅ」

幸樹が顔を愛美のそばまで近づけてやると、彼女は両手を幸樹の首の後ろに巻き付けて、下からキスをせがんできた。

「お兄ちゃん、んんん……、んんん……」

顔を持ち上げた愛美は、幸樹の下唇を甘噛みしながら、軽いキスを数回繰り返し、すぐに舌を差し入れてきた。

情熱のこもった女子大生のキスに、幸樹も懸命に応えていく。

その唇を振り切るようにして、美女アスリートの目を見た。

「ほんとうにするよ、いいね」

「愛美もお兄ちゃんとしたい。お兄ちゃんのおち×ちんを入れられたい」

幸樹は、その露骨な言い回しに、愛美の真剣さを感じ取った。

「それでは、いくね」

「あたしが水泳のことを考えられなくなるぐらい、本気で滅茶苦茶にしてっ」

幸樹も本気になった。愛美の水泳の失敗の傷を絶対癒してやる、と真剣に思った。

逸物をすっかり緩んだ愛美の股間にあてがうと、幸樹は動き始めた。硬化した亀頭を僅かに開いた愛美の膣口に押し当てると、ゆっくり力を込めていく。

狭隘な細道を捻じり開けるように男の逸物が入りこむ。

「ああっ、お兄ちゃんが入ってきているぅ……。お兄ちゃんが、愛美の中でいっぱいなのぉ……」

肉茎が蜜襞を少しずつ押し広げていく。

幸樹の巨根が女の股間の筋肉に緊張を与え、更に中まで侵入すると、愛美はシーツをつかんで、身体を大きくのけ反らせる。

幸樹は、愛美に自分の形をしっかり覚えてもらえるように、じっくりと奥まで押し進めている。こうすると、媚肉に肉幹が馴染んでいく感じがよく分かる。

「大丈夫かなぁ」

人並みより大きな肉棒と、人並みより狭い蜜壺。その関係を推し測って、幸樹は愛美に確認する。

「だ、大丈夫です」

愛美は呼吸を荒くしながら答える。

腰の小刻みな震えが止まらないのは、逸物を受け入れた悦びなのか、太いものを受け入れた苦痛なのか……。

「動かすよ」

注意を促すように言ってから、幸樹はゆっくりと最初のストロークに入る。

「は、はい……。ああっ、やだ、動かすと……、ああっ、ダメぇ」

ゆっくりとした抜き差しだったが、ちょっと動かしただけで、身体の震えが大きな振幅に変化する。

「ダメッて言われても無理だよ。だって、愛美の中が気持ち良すぎるんだ……」

可愛らしく愛おしい愛美の希望を聞いてやりたいが、自分の興奮が腰を突き動かしてくる。本能を抑えるのが、こんなに大変だとは……。

幸樹は、不良時代に童貞でなくなって、その後、何人かの女たちとセックスをしてきたが、こんな気持ちになるのは、これまでの幸樹の性経験ではなかったことだ。

必死に耐えながら、それでも腰を小刻みに動かし、亀頭を子宮口の近くまで送り込んだ。

「中まで入ったよ」

「そ、そうなんだ……」

幸樹はそこで、じっと止まって、愛美の好きにさせようと思っていた。

しかし、実際はできなかった。入るだけで擦り上げられた逸物は、肉襞の動きに合わせないでいることができないのだ。

それでもダイナミックに動かすのは我慢しながら、一番奥で腰を小さく動かすのを続けていた。

「ああっ、お兄ちゃん、ああっ、愛美、変な感じなのぉ、あっ、あああ、いやああっ」

子宮口への細かいノックが女の性感をより向上させていた。愛美の表情がいつの間にか淫蕩(いんとう)に蕩(とろ)けて、細い腰をよじらせるようになっている。

「動いたほうがいいかな」

「あっ、あっ、あい、いや、あう、はうっ、ああん……」

小麦色に焼けた肢体をくねらせ、乳房も震わせているが、自分からははっきりとは言わない。

(言わせてから動いてやろう……)

幸樹もやせ我慢で、半分肉棒を引いて、その位置で固定した。そこでなら何とか動かずにいられる。

「答えてくれないと、僕、どうしたらいいか分からないな」

彼女が何をして欲しいかは明らかだが、どうせなら彼女の望むことを的確にやって、もっと心も身体も蕩けさせたかった。

幸樹は自分の心が不思議だった。ほんの一時間前まで、幸樹にとって愛美はセックスの対象ではなかった。一言でいえば、自分が出来なかった夢をかなえてくれるアスリート。そんな彼女とセックスしたいなどと、思ってさえいなかったのだ。

ところが今は彼女の中に自分の逸物が入っており、彼女をもっと自分のものにしたいと思っている。

幸樹は優しく口を開いた。

「愛美の本当にされたいことを言って欲しいんだ。僕がそれを思ったようにできるかどうかは分からないけど、出来るだけ、努力するから」

「で、でも、あんまりはしたないことを口にしたら、お兄ちゃんに嫌われるぅ」

「愛美がどんなエッチなことを言っても、僕は愛美が好きだな。第一、今だって十分エッチなこと、してるじゃん」

彼女の膣肉は、幸樹の怒張を奥へ奥へと誘いこもうとしている。

幸樹は、一度引いて保持していた肉棒を、その誘いに乗るようにして奥まで突き込んだ。

「あひぃぃぃぃぃぃ……」

「こういうことをして欲しいのかな」

一度奥まで突き込んだペニスを一度戻して、彼女にキスしてやる。

「ああっ、そうですぅ。愛美は、お兄ちゃんのおち×ちんで、奥をずこずこ突いてほしいんですぅ。そうやって、愛美を滅茶苦茶にしてぇ」

「よし、覚悟するんだ」

今度は本気でピストンを開始する。

幸樹の巨根をたっぷりスライドさせて引き、再度思いっきり奥まで一気に突き込んだ。さっきから鋼鉄のようになっている亀頭が、狭隘な媚肉をかき分けて子宮口まで到達する。

「あああああん、あひぃぃぃぃぃ」

顎の裏が見えるほどのけぞった女子大生は、絶叫を放った。

身体全体がピクピク振動し、全身がピンク色に染まっている。

それを目で確認しながら、幸樹は本気モードのピストンだ。

「ああああっ、す、凄いのぉ、お兄ちゃんが、お腹の中までいっぱいになっているのぉ……」

荒れ狂う男の勢いに、愛美は身体の力を抜いて、全てを受け入れようとしていた。

幸樹は愛美の両足をしっかり抱えると、更に奥まで力が込められるように、激しい体重を乗せた突き込みに変えていく。

「お兄ちゃん、凄いぃ、お兄ちゃん、凄いぃ」

「愛美の中も最高だよ。俺、こんな気持ちのいいオマ×コ初めてだよ」

小さめな乳房の上にある大きめの乳頭がすっかり屹立して、人差し指大になっている。そこもプルプル震えている。

それに感動した幸樹は、それを口に含み、甘噛みしながら、腰を更に動かす。

さっきから怒張がすっかり波打って、先端から、我慢汁が止めどもなく流れ出している。

「ああっ、お兄ちゃん、もっと来てぇ。愛美が壊れるぐらい突いて、狂わせて、何もかにも忘れさせて……」

「うん、分かった」

幸樹はベッドの上に座りなおすと、愛美の伸びやかな肢体を引き寄せるようにして、身体を二つに折らせる。いわゆるまんぐり返しの姿勢だ。その上から体重をかけて、一番奥まで肉刀を振り下ろす。幸樹の体重が、愛美の身体にかかり、同時に強く亀頭が膣の最奥を抉(えぐ)った。

「あああ、はあああ、凄い、お兄ちゃんが凄いのぉ……、あああん」

愛美はこれ以上ないというぐらいの声を上げてよがり狂った。

「いいぞ、愛美、もっとよがれ。もっとよがって、全てを忘れるんだ」

「あああん、たまらないのぉ、だって、お兄ちゃんのおち×ちんが……、凄く良くてぇ……、あああああっ、愛美、エッチがこんなにいいなんて、あああああっ、知らなかったの……」

余計な贅肉(ぜいにく)がない分だけ、震えが激しいのかもしれない。愛美の身体の震えがストレートに伝わってくる。いつもボーイッシュな愛美がこんなによがって崩壊するのが信じられなかった。だからこそ、嬉しい。

「俺も愛美の中、最高に気持ちがいいよぉ、いつでも出せそうだよ」

膣奥から更に愛液が溢れ出し、粘液まみれになった肉襞が、幸樹の肉柱やカリ、そして亀頭を擦り上げる。

そのたびに付け根がぎゅっと収縮する。その繰り返しがずうっと続いており、もう我慢の限界が近づいていた。

「ああん、あたし、もうイクのぉ、お兄ちゃんと一緒にイキたかったけど、もう無理、あああああん、あああああ」

さっきから悦楽の高原をさまよっていた愛美は、もう限界を超えていたのだろう。限界を口にすると、今まで以上に激しく痙攣して絶頂に達した。それは、上からのしかかっている幸樹を吹き飛ばすような勢いだった。

幸樹はそれを必死で受け止める。

しかし、その遅れが命取りになった。

幸樹が抜くタイミングを逸してしまったのである。自分が爆発寸前であることは分かっていた。しかし、アクメに達して、これまで以上に中に引き込もうとする愛美の肉襞の快感に引き抜くことができなかった。

「ああっ、ヤバい」

叫んだときにはもう遅かった。更に狭隘になった膣肉の中で、逸物が膨張し、腰を震わせる。強い快感とともに、幸樹の先端から熱い精液が中を目指して飛び出していった。

「あああっ、お兄ちゃんの精液が、あたしの子宮に当たっているぅ、凄い、凄いよぉ……、あああああん、あたし、イッてる、あああああん、お兄ちゃんの精液であたし、イッてるの……」

愛美は完全に牝の本能に溺れていた。ただひたすら男のモノを引き込み、恍惚とした表情で、両足を更に引き攣らせている。

幸樹と愛美の相性は抜群だった。一度噴出が始まった肉棒は、収まる気配を見せず、何度も収縮を繰り返し、精を放つ。

「はああん、あああっ、精液が熱いの。あたしの子宮、お兄ちゃんの精液で今真っ白く染まっているのぉ……」

睾丸に貯められたすべての精子が引きずり出されるような発作が繰り返され、それを愛美が最高の笑みを浮かべて受け止める。

長い時間をかけて、ようやくすべての精液が愛美の中に絞り取られた。

肉棒が遂に愛美の中で軟化して、するりと抜けた。幸樹は腰の重みを感じている。

「ごめん、悪かったよ。中に出すつもりはなかったんだ」

自己嫌悪の気持ちを必死にこらえながら、愛美に頭を下げる。

「ううん、とんでもないわ。あたし、お兄ちゃんに中に出して貰って、とっても嬉しかったの。こうやってお兄ちゃんのものになれるんだ、と思ったら、きゅうんって嬉しくなって……」

それから小声になった愛美は幸樹の耳元で囁いた。

「初めて中でイッちゃったの……」

そう言う愛美に、幸樹は何とも言いようのない愛情を感じた。

今までは明日の試合のことを思って、彼女を寮に帰そうと思っていたが、もし、泊っていくならそれでいいと思った。

明日の試合に負ければ、彼女は引退するだろう。そうすれば、二人は大手を振って付き合える。

幸樹は、今日何時間か彼女と一緒にいて、それも悪くないと思うようになった。

愛美はぼうっと考えている幸樹の、愛液まみれのペニスを愛おしげにおしゃぶりしている。いわゆるお掃除フェラだ。

その気遣いに、幸樹は改めて彼女の引退の覚悟を感じた。

(もう、無理する必要ないよな……)

幸樹は愛美に言った。

「泊っていくか？」

「いいの、お兄ちゃん？」

「もちろんだよ。愛美がそれを望むなら……」

「うん、泊っていく。お兄ちゃん、ありがとう」

二人は一緒に入浴し、もう一回戦楽しんでから眠りについた。

第二章　熟女トレーナーのみだれ腰

翌朝、愛美は元気を取り戻していた。寝不足気味の幸樹の作った朝食をもりもりと食べ、何事もなかったかのように出かけて行った。

彼女の出場する平泳ぎ女子二〇〇メートルの決勝は、十六時からである。午前中から、選手たちはそれに向けて調整していく。

「負けたっていいんだから、気にしないで、自分の力を出し切ろうぜ！」

「うん、大丈夫だよ。だからお兄ちゃんも心配しないで」

「よし。でも、勝っても負けても、結果を速報で教えるんだぜ！」

「うん、分かった」

何かが吹っ切れたのだろう。昨晩の感情の起伏の激しさはいったい何だったのだろう、というぐらい朗（ほが）らかだった。

佐久間屋は、昼の営業が十一時から十四時まで。その後夜の仕込みがあって、夜の営業は、十七時から二十二時までである。

愛美の決勝の終わる時間は夜の開店前のちょうど一番忙しい時間帯だが、まだお客さんは来ていない。メールぐらいは見られるだろう。

そして、十六時三十分。夜の準備で大わらわの幸樹のスマホに、ＳＮＳで愛美から連絡が入った。

「お兄ちゃん、優勝した!!　やったね」

笑顔の絵文字と万歳のスタンプが付いている。

「えっ、本当かよ！」

幸樹は思わず大声で叫び、一緒に準備をしていたパートのおばさんに、「マスター、どうかしましたか？」と訝しがられた。

とりあえず、「おめでとう」のスタンプを送り、「落ち着いたら詳細、教えてよ」と書き込んだ。

その晩の閉店後、祝勝会が終わってほろ酔い加減の愛美が、直接幸樹の部屋に現れた。

「お兄ちゃん、とうとう優勝しちゃったよぉ……」

部屋に入るなり、愛美が抱きついてきた。

「よかったなあ。おめでとう」

記録は二分二〇秒ジャスト。日本記録には僅かに及ばなかったが、二位に二秒近い差をつけるぶっちぎりの優勝だったらしい。

昨晩あれだけ荒淫に耽ったのに、何故こんな成績で優勝できたのか、それが不思議だ。

幸樹はおずおずと言った。

「昨日あんなことをしたのに、よくも優勝しちゃったよな……」

が、言下に愛美はそれに反論する。

「違うよ。お兄ちゃん、昨日、あんなことしたから優勝したんだよ」

「え、何、どういうこと？」

思いがけない愛美の言葉に、幸樹は訊き返した。

愛美は状況を細かく説明し始める。

「今日、朝はちょっとだるいかな、と思ったんだけど、それがちょうどいい負荷だったみたいで、ウォーミングアップしているうちに、とってもいい感じになってきたの。実際泳いでみたら、水の吸い付き方と離れ方が、いつもと違ったんだよ」

「違ったって言うと……？」

「いつもだともっと水がまとわりついてくる感じなんだけど、今日は掻くときはしっかり水がホールドできているのに、抜くときは、さらっと抜けたの」

トップスイマーになると、水の微妙な感触の変化が記録に影響するというのは、それを目指していた幸樹も分からない感覚ではない。

「今まではそんな感覚の経験はなかったの？」

「初めてなの。あんなに水が摑まえられて、水離れがいいのは……。それで自分としては全く普通に泳いでいたんだけど、終わってみれば一等賞だったの」

「今までの練習の成果が本番で発揮できた、ということだね」

「それは違うの。だって、今まではどんなに練習したって、今日みたいな感じになったことはなかったんだもの」

「でもそういうのって、突然出来るようになるんじゃないの？」

「だから違うの。あたし、分かるの。今回上手くいったのは、昨日お兄ちゃんとセックスして、お兄ちゃんの精子を中に出して貰ったからなの」

「そんなことあるわけないよ」

驚いた幸樹は、手を顔の前で振って否定する。

「でもそうなの。今日アップしていて、突然あたし、自分のオマ×コの中にお兄ちゃんの精子が入っていると思ったら、突然身体が軽くなった気がしたもの」

もちろん気のせいに違いないが、幸樹としても、可愛い愛美がそう言って、自分とのセックスを肯定してくれるのは嬉しい限りだ。

「お兄ちゃんの精液があると思っただけで、あたしは気持ちがものすごく前向きになれたし、それが手足の位置やバランスを最高にしてくれたんだと思うの。お兄ちゃんとセックスしていなかったら、こんな風にはならなかったわ。お兄ちゃん、ありがとう」

お礼を言われるのはまんざらではないが、こんな風にあまりに正面から言われてしまうと、どう返答したらよいか分からない。

「ああっ、そ、それは……」

幸樹は意味不明に呟いて俯いた。

一方愛美は優勝した興奮もあるのだろう。そんな幸樹の様子を気にかけもせず、大胆なことを言い始めた。

「今回のことでよく分かったんだ。あたしが優勝するために足りないもの。それはね、お兄ちゃんの精子なんだよ」

「そ、それ、違うと思うけど」

しかし、愛美は、小声で言った幸樹の言葉など意に介さなかった。

「だからね。今度から試合があるときは前の晩ここに泊るから、あたしとエッチして、オマ×コの中に精液を注ぎ込んで欲しいの」

「ちょ、ちょっと待ってよ。正気?」

「もちろん正気よ。お兄ちゃんとエッチすることでオリンピックに出られるなら、いくらでもするわ。あたしにとってのお兄ちゃんみたいな存在を知ったら、女性アスリートは誰だってエッチさせてくれ、って言うと思うわ」

確かにそういうものだろう。セックスをして気持ちよくなった上に勝てるなら、女性アスリートなら誰だって幸樹の前に身体を投げ出すに違いない。

しかし、幸樹には不安があった。

「もし妊娠でもしたらどうするの……?」

「大丈夫。今は危険日じゃないから」

「そういう問題じゃないでしょ。試合の前日がちょうど一番危険な日、ってなることだってあるだろう? 分かっている? アスリートはピルを飲むことはできないんだぞ」

「ウフフフフ、お兄ちゃん知らないんだね。ピルは禁止薬物じゃあないんだよ。女性アスリートが、お医者さんに処方してもらったピルを飲んで生理をコントロールするのは、ごく普通にやられていることだよ。あたしだって今も持っているし……」

愛美は化粧ポーチを開けると、中から丸剤を出してみせた。

確かにそういう話であれば、幸樹にとっても一石二鳥だ。愛美のようなかわいい子を無条件で抱けるうえに、彼女の金メダルに貢献できる気持ちになれる。それも中出し必達が条件という。

幸樹は言った。

「そういうことなら、協力するよ」

幸樹は、自分の精液で優勝できるなんて全く信じてはいないが、可愛い愛美を大っぴらに抱けるなら、もちろん悪い話ではない。

愛美はもっとニコニコ顔だ。

「ああ、よかった。お兄ちゃんありがとう。これからお兄ちゃんの精液を中に入れて、毎回勝ち進むからね」

「ああ、頑張ってくれよ……、じゃあ、今からもする？」

スケベ心丸出しにして、幸樹が愛美を誘ってみる。

「今日はいいわ。明日、試合ないし。今度の試合まで待っててね……。お兄ちゃん」

こう可愛らしく言われてしまうと、まさか、幸樹から襲うわけにはいかない。

「そうだね……」

今日は諦めるしかなかった。

(ほんとうに、俺とエッチすると勝てるなんていうことがあるのだろうか……?)

その後も、幸樹にこの心配が付きまとったが、この計画は実行に移された。

幸樹にしてみれば、試合前に栄養補給するみたいにセックスするのではなく、普段からイチャイチャしながらセックスに持ち込むみたいな生活をしてみたかったが、勝つことに目覚めてしまった愛美は、それを許さなかった。

愛美はストイックな生活に戻ったのだ。

これまで以上に本気で練習に取り組むようになった彼女は、佐久間屋に食事には来ても幸樹の部屋に上がり込むことは決してなかった。

そして、試合前一週間になると、幸樹に禁欲を要求してくる。そして試合の前日、海外遠征の時は出発日の前日、必ず幸樹の部屋に上がり込み、一週間溜めたトロトロの幸樹の精液をたっぷり自分の膣に流し込むのだ。

そうやって、最初に愛美が優勝してから一年近い日が過ぎた。

その間の愛美の勝ちっぷりは圧倒的だった。もちろん、二位と僅差(きんさ)の試合も数多くあったが、出る試合、出る競技全てで優勝した。

これは愛美の本来の実力からすれば、勝っても不思議ではないレベルの試合にしか出場していない、ということでもあったのだが、日本に水野愛美あり、と海外のライバルからも完全に注目されたのである。

こうなると、幸樹としても自分の存在が愛美にとって必要不可欠であることを認めざるを得ない。愛美のために精力をつける料理を食べるようになっていた。

その愛美は、今は海外遠征中だ。今回は試合前の合宿もあって、期間が長い。

愛美は今回も前日に幸樹の部屋に来て、たっぷり精液を注がれて出国していった。

近ごろは幸樹にとっては義務感のセックスに近くなっており、いくら可愛い愛美が相手でも、不満がないわけではない。しかし、愛美は、

「ああっ、凄くよかったよ。こんなにされた以上、今度も絶対金メダルをお土産に帰ってくるね」

と、明るさいっぱいだ。

「分かった。応援しているよ」

そう答えた幸樹に「チュッ」とキスした愛美は、幸せそうな表情で帰っていった。

幸樹としても愛美に付き添って応援したいところだが、店をやっている以上そういうわけにはいかない。愛美の試合のことをぼうっと考えながら日々の仕事にいそしんでいる。

佐久間屋の昼間の日替わりランチは七七〇円である。味とボリュームからすると格安。それで城南大の学生や、近所の事務所に勤めるサラリーマンで混み合い、てんてこ舞いの忙しさになる。

しかし、十三時三十分のオーダーストップの時間を過ぎると、さすがに一気に空席が増えてきた。

「マスター、まだ大丈夫？」

オーダーストップの時間を過ぎて、顔を出したのは山内美和(やまうちみわ)。美和は幸樹のちょうど十歳年上で、バレーボールの元日本代表である。

日本代表メンバーに選ばれていた時期は二シーズンと決して長くはなかったが、主に控えのセッターや、ピンチサーバーとして活躍した。

選ばれた時は、他のメンバーと隔絶した美貌とプロポーションで、アイドル的人気を一手に集めたが、選手としての才能は一流半というところだったのだろう、最後は怪我が原因で引退した。

大柄な選手の多い日本代表の中ではさほど目立たなかったのだが、実際は身長がすらりと高い上に、体つきもがっちりした選手だった。現役引退後の今は、出身の城南大で助手をしながら、女子バレーボール部の監督をしている。

彼女は佐久間屋の上のマンションの住人の一人でもあった。

「美和さん、いらっしゃい。もう本当はオーダーストップの時間だけど、美和さんなら仕方ないな。どうぞお入りください」

幸樹はにこやかに言った。

「悪いわね。昼練が長引いてしまったのよ」

美和はカウンターに座ると、言い訳しながらもハンバーグ定食を注文した。カウンターにはもう客がいない。

幸樹は、カウンターの裏側の調理台を使ってハンバーグを焼く傍(かたわ)ら、スープとサラダを盛り付けると美和の前に置いた。

美和はその幸樹に向かって話しかけてきた。

「ねえ、うちの大学の水野愛美がこの頃勝ち続けているのって、カレシが出来たからだっていう噂、知ってる？」

「ああ、そうなんですか？」

幸樹はとぼけてみせる。

「カレシとエッチした翌日は、実力以上の力を出せるというのね」

美和はそう言いながら、幸樹の眼を見つめてきた。

「へえ、それは凄いですね」

眼をそらしながら答えるが、内心は気が気でない。

（まさか、知られている？）

幸樹と愛美はお互い独身だし、付き合っているのもまた事実だから、敢えて隠す必要はないはずだ。しかし、愛美が幸樹とセックスした翌日は必ず優勝している、というのも事実なので、下種な勘繰りを避けるために、大っぴらにデートなどをしたことはない。

（バレるはずは、ないんだがなあ……）

そう思いながらも美和の視線を避けて、フライパンのハンバーグに意識を集中させる。見つめられているが、そっちの方は見ないようにして、盛り付けを行っていく。

心臓はドキドキしているが、慣れた行為だ。何とか手元を狂わせずに盛り付けると、

「お待ちどおさま」

美和の前にハンバーグの皿を置いた。

「で、そのカレシってマスターなんでしょ？」

「エッ」

このストレートな問いかけには、手を狂わせずにはいられなかった。盛り付けていたライスの皿を床に落とし、皿を粉々にした。

「図星だったようね」

「どうもすみません。今、片付けますから……」

箒（ほうき）を取りに行くように見せかけながら、急いでその場から逃げ去った。

（ヤバイなあ……）

美和を見ないようにして片付けを始めた幸樹に、美和はそれ以上話をせず、幸樹はほっとした。

しかし、美和は諦めていなかった。夜、仕事を終えた幸樹を待ち伏せていたのである。

「マスター、こんばんわ」

閉店後にコンビニまで買い物に行った幸樹が、マンションの入り口から部屋に入ろうとするところを、暗がりにいた美和から声をかけられた。

「ちょっとお話ししたいことがあるのよ。付き合ってくださらない？」

「いや、まあ、はあ」

美和は、幸樹の部屋の上に住む住人である。その上、彼女は幸樹と愛美のことを知っているらしい。断ることはできなかった。

美和は幸樹を引っ張るようにして、自分の部屋に入れた。美和の部屋は広めの１ＬＤＫである。

美熟女アスリートにふさわしい、シンプルで落ち着いた部屋だったが、幸樹は緊張して、見渡す余裕もない。

「ビールでいいわね」

美和は、冷蔵庫から缶ビール二本を取り出すと、床の座布団に座らせた幸樹に一本手渡してくれる。更にもう一本のプルトップを開けると、「乾杯」と、勝手に言って、一気に半分ほどのビールを喉（のど）に送り込んだ。

「正直言って、困っているのよ」

テーブル越しに座った美和は、おもむろに話し始めた。

「うちのチーム、今、絶不調なんだな……、これが」

（愛美のことじゃあないんだ）

愛美のことで追及されるとばかり思っていた幸樹は、ちょっとほっとする。

「そうなんですか？」

幸樹はバレーボールにはほとんど興味がなかった。気のない返事をする。

しかし、美和にとっては深刻な状況のようだ。

城南大の女子バレーボールチームは大学選手権では何度も優勝している伝統校で、美和が学生の時も大学選手権連覇を達成していた。

全日本の選手も、美和に至るまで何人も輩出している。しかし、美和が卒業した後は長期低迷時代に入ってしまい、関東の一部リーグ常連だったのが、美和が監督に就任したときは三部リーグまで落ちていたという。

美和はいろいろな改革を行い、チームの二部リーグ復帰は達成したのだが、なかなか一部リーグには戻れない。昨年も二部リーグでは優勝し、一部リーグ復帰の入れ替え戦に臨んだのだが、そこでストレート負けを喫したという。

「いい選手をスカウトしてこなければだめなのよ」

「そうなんでしょうね」

「でもね。高校でこの人ありと言われたような選手は、大抵実業団にスカウトされていっちゃうのよね。何と言っても実業団はお金があるし、練習環境もいいからね。うちの部も大学への推薦枠は持っているから、それを餌にスカウトに廻るんだけどね、最低一部リーグにいないと、推薦枠が餌にならないの」

幸樹にとってみれば、城南大と言えば私学の雄の一つという印象が強いが、一流の選手たちにとっては必ずしもそうではないらしい。

「だれも来ないんですか？」

「無理ね」

今年は昨年以上にチームの成績が悪くて、今二部リーグ二位だという。

「とにかく二部リーグで優勝しないと、入れ替え戦にも出場できないからね。あとは全勝で行くしかないの」

「そうなんですね……応援しますよ。頑張ってください」

一レストランのシェフに過ぎない幸樹が、それ以上のことは言えない。

「応援してくれるのね」

「はい。それはもちろんです」

「だったら、ひとつお願いがあるの」

「僕にできることでしょうか？」

「もちろんよ。マスターにしかできないこと……」

幸樹は、応援するとは言ったものの、せいぜい店が休みの日に試合を見に行って、応援するぐらいのことだろうと思っている。

それ以上の面倒なことを頼まれるのは嫌だな、と警戒心をあらわにして答えると、美和は幸樹の隣ににじり寄ってきた。

美和は幸樹の手に手を重ねて、美貌を近づけてきた。耳元で囁く。「こんなことを言うのは相当恥ずかしいんだけど……」と前置きをした後、思い切ったように言った。

「あたしとセックスして欲しいの」

「えっ、何ておっしゃいました？」

幸樹は最初、美和が何を言っているのか理解できなかった。

「だから、あたしとエッチして欲しいって……」

幸樹は思わず息を呑み、美和をまじまじと見た。

「み、美和さん、ほ、本気で言っていますか？」

「もちろんよ。こんなこと冗談で言えないでしょ」

「な、何で、僕なんですか？」

「こんなおばさんとじゃ、いや？」

「いや、そういう問題じゃなくて……」

「だったらいいでしょ？」

美和は幸樹の股間に手を伸ばして、ズボンの上からゆっくり撫でまわし始めている。

「いや、ちょ、ちょっとまずいですよ」

「愛美に悪いかしら？」

「いやっ、そういうことじゃなくて……。お客さんとそんなことになったら……」

「だったら、お客さんと思わなければいいんでしょ？」

「いいえ、そういうわけにはいかないですよ……」

「そんなこと言わず、お願い。して……」

熱い吐息が首筋にかかった。右手は、幸樹のズボンのベルトを緩めている。

幸樹は逸物が大きくなり始めているのを自覚した。

美和は大柄な美女である。いつも普段着でしか店にやってこないが、それでも彼女が来ると店が華やかになる。現役のころ、男性週刊誌に全日本女子バレー巨乳ランキング一位と書かれたこともあった。

幸樹の本当の好みはスレンダーな愛美ではなくて、美和のようなグラマータイプである。顔立ちが華やかなところもいい。

とはいえ、現実に付き合っているのは愛美だ。愛美をないがしろにして、美和とセックスするわけにはいかないだろう。

「美和さん、一応僕にも彼女がいるんで……」

婉曲にお断りした。

しかし、美和は意に介さない。

「そんなの気にしなくてもいいわ。彼女って、愛美でしょう。あの子、愛校心強いから、あたしがマスターを貸してくれってお願いすれば、喜んで貸してくれるわよ」

「そんなこと、あり得ない……」

いつの間にか、ズボンの前ボタンは全開になり、美和の手はトランクスの上を艶めかしく動いている。

「ここは正直よ。息子さんはあたしと、したいみたい……」

耳元で囁かれると、更にドキドキしてしまう。

もちろん、愛美のことを好きであることに変わりはない。しかし、幸樹には愛美に不満があった。最近のセックスが非常に義務的なのである。目的は中出しすることそれ一点で、そのために必要な前技しかしなかった。

もちろん幸樹は、愛美がオリンピックで優勝するまで支える覚悟がある。しかし、その覚悟と性の満足とはもちろん別物だ。

美和の誘惑は、あまりにも魅力的だった。

「今晩のことは二人だけの秘密にして、愛美には黙っていれば分からないわ」

確かにそうだ。今、愛美はデンバーの近郊の山の中で高地トレーニング中だ。合宿が終わればすぐ大会で、あとひと月ほど日本に帰ってこない。

幸樹は、愛美の顔を自分の脳裏から消した。そして、美和に向き合った。

「ほ、ほんとうにいいんですね」

「もちろんよ。是非中出しして欲しいの……」

婀娜（あだ）っぽい声で、美和がおねだりするように言う。

明日は土曜日で、店は比較的暇（ひま）なはずだ。かなり夜更かししても営業に差し支えることはないだろう。幸樹は覚悟を決めた。

「わ、分かりました。じゃあ、最初にどうしたらいいんですか？」

「お仕事終わったばかりで、汗かいていらっしゃるわよね。先にシャワーを浴びて下さるかしら」

「了解です。では脱がせてもらってもいいですか？」

アスリートと機械的なセックスをするときに大切なのは、とにかくいやらしく、発情的なことをやることだ。幸樹はそのことを愛美との何回かの交接の中で学んだ。

「うふふふ、あたしがご奉仕すればいいのね。喜んで脱がせてあげる」

美和はかいがいしく脱がせ始めた。

立ち上がった幸樹の前に跪くと、既に前が全開のズボンを下ろしてトランクス姿にする。それから、どうしようかと一瞬考えたのち、シャツのボタンを外していく。ボタンを外し終わって、そのまま脱がせるかと思いきや、トランクスに手を掛けた。

「先にトランクスなんですね」

「うふふ、だって、あたしの中に入るもの、先にお目にかかりたいじゃないの」

美和は自分の欲望に素直に、トランクスを下ろしていく。

「ワォッ」

美和は幸樹の男のシンボルを見て、声を発した。それはまだ萎えているが、それでも十分に大きいことが分かったのだろう。

「大きいのね」

「そうですね。割とみんなにそう言われます」

年上の女性に指摘されるのは恥ずかしい。しかし、虚勢を張って、そう答えた。

それには反応しなかった美和は、シャツを脱がせると、タオルを渡してくれた。

「大家さんだもの、シャワーの使い方は分かるわよね。じゃあ、どうぞお入りください」

浴室のドアを開ける。

「あれ、美和さんは一緒にシャワー、浴びないんですか？」

「だって、狭いから……」

「狭いからこそいいんじゃあないですか。今からセックスするんですから、ずっとイチャイチャしながらしましょうよ。いやなら僕、帰りますよ」

幸樹はドキドキした気持ちを抑えながら、強気に言ってみた。誘ったのは美和だ。選択権は自分にある。

「あら、勇ましいのね。あとから行きますから、先に浴びていていいわよ」

美和は年上の余裕なのだろう。優しく言った。

「それじゃあ、つまんないですよ。ここは二択です。僕が脱がせるか、美和さんが、僕の目の前でストリップしながら脱いでいくか、どっちかしかないですよ。そして一緒にお風呂に入る。どっちがいいですか？」

「ええっ、選ばなきゃダメ？」

「はい、選んでやってください」

「強引なのね。でもそこが、幸樹さんのいいところよね……」

それからしばらく美和は考えていたが、ようやく答えた。

「ウフフフ、ストリップしてあげる」

「ありがとうございます。しっかり僕が興奮するように、エロく脱いでくださいよ」

「それは難しいわね。あたしが着ているの、普通の服だからね」

確かに今の美和の服装は、トップスはタンクトップにカーディガンを重ね着し、ボトムはデニムである。

「いや、大丈夫ですよ。きっと美和さんのプロポーション、エロいに決まっていますから」

「あら、それは無理かもね。期待に応えられないかもしれないけど……。だからエッチはなし、というのだけは止めてね」

「僕のリクエストに応えている限り、エッチはなしとは言いませんから、よろしくお願いします」

「じゃあ、始めるわね」

覚悟を決めた美和はカーディガンのボタンを外し始めた。そこに幸樹は声をかける。

「最初は、ジーパン、脱いでください」

さい」

「はい、それからです。脱ぐ順番は僕が決めますから、その通りに脱いでいってくだ
「あら、上から目線ね」

　勢いで言ってしまった幸樹に対して、いなすようにそう言ったが、拒否はしない。

直ぐにデニムのパンツを脱ぎ落とした。ストッキングは穿いていない。

「ショーツ、お願いします」

「ええっ、先にそこに来るの……」

「はい、下半身丸裸の方がエロいじゃないですか」

「それはそうだけど、おばさんを恥ずかしがらせるのが、そんなに良いかな……？」

「すみません。でも、どうせ全部脱ぐんですから、一緒でしょ。頼みますよ」

　幸樹がおねだりするように言うと、美和は肩をすくめ、「喜んで」と答えた。

　十も若い男に言われるままに、いやいや脱ぐのは悔しいと思ったのか、美和はヴォリュームのあるお尻を大胆に振りながら、ショーツを下ろしていく。

　恥ずかしいと口では言っていたが、脱ぐのを楽しんでいるように見える。

　下半身が裸になると、美和はポーズを取ってくれた。性器は見えないが、その上の

叢は剛毛が密生している。丸いお尻は大きいが、引き締まっている。

そして、足が長い。身長は百七十四センチということだが、その股下は八十五センチぐらいあるかもしれない。

背の高さは幸樹とほとんど同じだが、足の長さは別人種のようだ。

「エロいけど、綺麗です。これじゃあ、オールヌードが楽しみだ」

幸樹は溜息をつきながら言った。

「こんなおばさんをおだてても、これ以上何も出ませんよ」

そう言いながらも美和はプロポーションに自信があるのだろうと思う。

幸樹は、今度はトップスを順番に脱がせる。カーディガン、タンクトップを順番に脱がせると、残ったのは、胸の動きをしっかり押さえるスポーツブラだった。しかし、その山の高さは、スポーツブラをしていてもはっきり分かる。

「やっぱり巨乳だったんですね。スポーツブラをしていてもこんなに大きいんだから」

「バレーボールをやる上では、それが拙いのよ。結局あたしが一流選手になれなかったのは、この大きなおっぱいのおかげ。ほんとうに切り落としたいと、何度思ったか分からないわ」

「そんな勿体(もったい)ない。切り落とさなくてよかった。やっぱりこの巨乳があった方が美和さんの魅力が引き立ちます」

「少なくとも、幸樹君のためにはよかったみたいね」

そう言いながら、ブラジャーのホックを外した。その途端(とたん)にカップがぐっと下にたわみ、前に膨れた。

「さあ、そのブラを剝(は)ぎ取って僕に投げてください」

「いいわよ。この変態！」

巨乳を両腕で隠すようにしてから外したブラジャーを丸めると、美和は幸樹にぶつけた。

それをキャッチしながら、美和の裸を見ると、まさに日本人離れしたプロポーションだ。

「美和さん。手で乳首を隠そうなんて、しないでくださいよ。そうだ、手を後ろに組んで、足をちょっと開いて、胸を張ってください。体育の時間の「休め」の姿勢を取ってください」

「ウフフフ、これでいいのかしら……」

熟女アスリートは仕方がないなあ、という表情を浮かべて、ポーズを取った。

乳房がほんとうに大きい。西洋人のような丸い乳房。乳暈はセピア色で、裾野に向かってだんだん消えていく感じ。日に焼けた肌に続くそれは、境目ははっきりしない。乳首はくっきりとしている。

その乳房も含めて、鍛え抜かれた身体、というのが一番的確な表現だろう。ムキムキの筋肉という感じはないけれども、普通の女性とは全然違うレベルで筋肉が付いている。

だから、乳房も垂れていない。

（萎えそう……）

プロポーションが完璧すぎて、逆に興奮できなくなる感じさえする。

ぼうっとして美和を凝視している幸樹に美和は言った。

「さあ、シャワーを浴びるわよ」

浴室の洗い場は、大人二人がようやく立てる広さだ。二人で入り、ドアを閉めるとかなりの圧迫感がある。湯温を確認していた美和は、シャワーヘッドを持つ。

「汗を流してあげるから、そっちをお向きなさい」

言われるままに、背中を美和に向けると、そこに適温のシャワーがかけられる。直ぐにシャボンの立ったタオルで背中を擦られる。タオルはだんだん下に向かい、尻も擦られる。

「あっ」

「どうしたの」

「だって、そんなところから手が出て……」

美和は股間から手を伸ばして、今は萎んでいる幸樹の逸物を撫でていた。

「だって、ここは一番大切なところだから、一番きれいにしておかなければいけないでしょ」

「そ、そうですけど」

「だから、綺麗に洗っているだけよ」

そういいながら美和は、左手で肛門の周辺を刺激しながら玉袋を持ち上げる。右手は大きく外から廻してタオルで肉棒を包み込み、軽く上下に動かしてくる。

シャボンの滑りがちょうどいい刺激になる。

「あっ、そ、それ、気持ちいいです」

「そうでしょう。元カレもこれしてあげると、悶えるようにして悦んでいたもの」

もちろん、気持ちの良さだけでは終わらない。美和の左手が、肛門、皺袋を刺激するものだから、肉茎も一気に膨れ上がり、タオルで締め付けられるようになっていた。

急にタオルが締まったことに気づいた美和は、覗き込んで素っ頓狂な声を上げる。

「何これ、こんなに大きくなるものなの？」

「あうっ、済みません」

「何で謝るの？」

「だって、僕のチ×ポ、興奮するとすぐこんなになっちゃうから」

「確かに大きいと思うけど、これ、愛美の中に入ったんでしょ。だったら大丈夫よ」

「でも大きすぎるのって、女性、嫌がるものではないんですか？」

「大きいおっぱいって、男の人、嫌がらないよね。それと一緒。入らないほど大きければ別だけれども、そうでなければ、大きい方が良いに決まっている」

「そんなもんですか？」

「そうよ。だから、あたしも期待している」

美和は自分の劣情を隠そうとしない。そこが年下の幸樹にとっては嬉しい。

背中には美和の巨乳がぶつかったり離れたりしている。それが、手の動きと連動していることが分かると、幸樹の硬さが増した。

「おっぱいがぶつかっています」

「そうね。それがどうかしたの？」

「いや……。あのーぉ、正直に言ってもいいですか？」

「もちろんよ。どうしたの」

「今、おっぱいで背中も擦ってほしかったなって、思ったんです」

「あら、そうよね。それぐらいサービスしなくちゃねえ。気が付かなかったわ」

美和は自分の胸に直接液体ソープをかけると、すぐさま泡立て始めた。しっかりした泡が立つと、しゃがませた幸樹の背中におぶさるようにして胸を押し付けてくる。そのまま上下左右に動かしながら、幸樹に訊いてきた。

「どうぉ、おっぱいで直接背中を洗われる気分は？」

「最高に気持ちいいです」

「うふふ、本当みたいねぇ。さっきより、もっと硬くなっている」

後ろから手を伸ばした美和が、肉棒を確認していった。

「だって、ほんとうに最高に気持ちいいんです」

「そう言ってくれると嬉しいわ。嬉しいこと言ってくれる幸樹君の、前もおっぱいで洗っちゃおうかな」

「いいんですか？」

「だって、そうして欲しい、って顔に書いてあるもの」

お互いが正対した。勢いづいた幸樹が、美和を引き寄せるように抱きしめた。

「うふふ。ダメよ。そんなに強く抱きしめたら、身体が洗えないわ」

「ああっ、すみません。でもこうやって、ちょっとの間だけでも、ギューッとしていたいんです」

「仕方がないわね」

美和が諦めたように言うと顔を背けた。二人の背の高さがほぼ一緒なので、顔が接触しそうなのだ。

それを感じた幸樹は、美和に言った。

「頬っぺたをつけてはいけませんか？」

「いいわよ。お安い御用よ」

美和は直ぐに頬ずりをしてくれたが、そのまま男の唇に自分の紅唇を接触させる。

それに呼応するように僅かに唇を開けると、吐息に押し出されるように、美女アスリートの柔らかな舌が、幸樹の舌にまとわりつく。

美和は足のバネを使って、胸を揺らしながら男の舌を弄る。

（ああっ、美和さんのおっぱいを感じながらのキス、最高に気持ちいいよっ……）

くらくらとなりそうだ。

美和の技はそれだけではなかった。

空いた手で幸樹の肉棒を握りしめると、上下に動かし始めたのである。乳房の擦りつけられる感触と、唇舌の動き、そして肉棒を扱く手の動きの三位一体になって、幸樹に絶妙の快感を伝えてくる。一つの行為だけでも気持ちいいのに、それが三つも重なったのだ。気持ち良さが累乗で襲ってくるような気がする。

(ああっ、凄すぎるぅ。こんなにされたら、ベッドに行く前にイッちゃうよ……)

しかし、逃れるに逃れられない。

焦っているうちに快感だけはさらに増し、亀頭の先端からは我慢汁が止めどもなく漏れ出している。

(もう限界が近いよ……)

中出しする約束だったのだ。今、ここで暴発して約束が果たせなくなったら、美和にどれだけ軽蔑されるか分からない。

どうしたらよいか分からなくなり、思わず美和を押しのけようとしてしまった。

「どうしたの?」

「ご、ごめんなさい。美和さんが、あまりに気持ち良すぎて、まずいんです。ボ、ボク、イキそうなんですぅ」

尻の穴を何とか窄めて堪えているのが実態だった。

「あら、気が付かなくてごめんね。でも最初の一発は中に欲しいわね……。そうね。ちょっと狭いけど、ここで入れちゃって……」

「ここで、って、狭くて無理ですよ」

「大丈夫、大丈夫」

美和は風呂椅子を置くと幸樹に座るように命じた。

「足を折り曲げて、おち×ちんがあたしのオマ×コに入れられるように準備して」

「はい」

言われるままに風呂椅子に腰かけ、大きく膝を開くと、股間に温シャワーを浴びせられ、石鹸を流される。それも刺激だ。

「ああっ、ヤバいよ」

「まだ、大丈夫。我慢できるわ」

困惑した幸樹を落ち着かせるように言いながら、美熟女が腰に跨ってきた。肉根を摑まえると、自ら自分の膣口にあてがい、そのまま腰を落としていく。

「ああっ、見た目以上に凄いわ。このおチ×ポ。は、半端じゃないわね」

そう言いながら、肉茎を狭隘な自分の肉壺に送り込んでいく。

「ああっ、これは、ほんとうに凄いわ。幸樹くんのモノって、凄くいいわよっ」

すっかり尻が落ち、亀頭の先頭が美和の子宮口を押し上げている。

快感の度合いは、幸樹も美和に勝るとも劣らなかった。アスリートは鍛えているだけあって、膣肉の力も半端ではない。特にバレーボールはジャンプ力を鍛えるので、その効果で締まりもよくなるのだ。

「ああっ、美和さんの中、ああっ、僕のものが締め付けられているぅ……」

幸樹は動きたかった。しかし、下が固く、また美和の体重も筋肉質だけあって見た目ほど軽くない。気持ち良さが中に閉じ込められている。

美和の中で、我慢汁だけが溢れ出しているのだろう。

遂に幸樹が音を上げた。

「美和さん、申し訳ないけど、動いてもらえますか。そうしないと僕、苦しくって……」

「あら、お安い御用だわ」

美和は腰を上下に振り始めた。乳首が幸樹の胸をくすぐるのが気持ちいい。それ以上に膣襞が柔らかく締め付けながら、しっかり肉茎側面を扱いてくれる快感に悶絶しそうだ。

熟女の中で若いペニスが大きく脈動する。

「ああっ、ああっ、ああん、んあああっ」

熟女アスリートの喘ぎ声が徐々に高まってくる。

その間も幸樹はどんどん限界が近づいている。

「ヤバいですぅ。そろそろ、限界ですぅ」

幸樹は必死で我慢していたが、遂に弱音を吐いた。

「ああっ、あたしも凄くよくなってきたわ」

「イキそうですか?」

「うん、イキそう」

「一緒にいきましょう。僕も頑張ります」

美和と一緒にイこうと思うと、更に少しは頑張れそうだ。

美和の腰の動きが、更にいやらしく激しくグラインドする。

「ああっ、ああっ、ああっ、いいのぉ、おチ×ポがいいのぉ」

美和が喘ぎ声を上げながらも感想を言って、幸樹を鼓舞してくれる。

「ああっ、凄いっ、凄すぎるぅ」

しかし、幸樹は限界を超えていた。あまりの快感で気持ちがどこかに飛んでいってしまいそうだ。

「うわあああ、ぼ、僕、僕……、あああっイクぅー」

その瞬間、気が遠くなるような快感とともに、白礫が、亀頭の先端から発射されて、美和の肉壺を白く染める。

それは美和の崩壊への引き金でもあった。

「あああっ、あたしもイクぅ、幸樹くんの精液であたしもイカされるぅ……」

二人の快美の咆哮が、狭い浴室の中で反響する。二人は繋がったまま、意識がかすむまで律動を繰り返していた。


十分後、すっきりした二人は、シャワーを浴び直して浴室を後にした。

バスタオルを腰に巻いただけでリビングに入ってきた幸樹が、自分のトランクスを穿こうと取り上げたところに、バスローブ姿の美和がやってきた。

「何しているのかしら」

「はい、もう遅いですし、そろそろ失礼しようかと思って……」

「何言っているのよ。あたしはまだ十分満足していないし、第一まだ宵の口よ。明日は何時に起きればいいの？」

「遅くて八時です」

「だったら、午前三時までは全然問題ないわ。それまでは徹底的にあたしに注ぎ込むの。勝利の精子をね。さあ、こっちにいらっしゃい」

トランクスが否応なしに取り上げられ、寝室に連れ込まれる。寝室には、大型のセミダブルベッドが置かれていた。

立ち尽くす幸樹の脇で、美和がバスローブを脱ぎ捨てた。中から日焼けの色がまぶしい美女の全裸が浮かび上がった。

「今からがメインディッシュよ」

美熟女アスリートは、円(つぶ)らな瞳を近づけ、幸樹に唇を押し付ける。

吐息に押し出されるように現れた舌は、青年の舌と交差し、そのまま押しだされるように、二人はもつれあってベッドになだれ込んだ。

美和は積極的だった。

「あたし、自分が抑えきれなくなっているの……」

そう口にすると、仰向(あおむ)けになった幸樹に豊乳を密着させ、キスをせがんだ。

「クゥン、クゥン」

子犬の鳴き声のような声を漏らしながら、男の口に唾液を送り込んでいる。

「はあ、ああっ、美和さん！　美和さんの唾、甘くて美味しいよっ」

興奮気味に幸樹が言うと、更にキスの勢いが強まる。ただキスをするだけではなくて、右手は幸樹の股間に至り、積極的に扱き始めている。

美和にとっては目的の明確な行為だが、幸樹は浴室に続いての至福の時間にただただ満足している。

胸の鼓動を自覚した幸樹は、三十四歳の紅唇を啄(ついば)みながら女の美尻を撫でている。

発情している女の身体からは、男を元気づけるフェロモンが放出されているのだろうか、幸樹の怒張が完全に復活して天を向いている。

「ああっ、美和さんの匂いがするぅ」

幸樹が鼻を利かせる。

「ああっ、嗅がないで、恥ずかしい。さっき汗を流したばかりなのに、幸樹君と一緒にいると、あそこが疼(うず)いて、汗が出てくるような気がするの」

「そんなの僕も一緒だよ。こうやって美和さんと一緒にいると、どうしても興奮して、我慢汁が出てきてしまう」

「本当にそうね」

美和は、鈴口(すずぐち)に指先を近づけると、漏れ出ているカウパー腺液を掬い取った。それを自分の乳首に擦り付けた。

「こうやって、幸樹君の我慢汁を自分の身体に擦りつけると、あたしが幸樹くんのものになれたような気がするの。ねえ、おチ×ポの匂い、もっと付けてもらってもいいかしら……」

「そう言ってくれると、僕も嬉しいです」

幸樹は起き上がると、依頼されるままに、肉棒を美和の身体のあちらこちらに擦れさせていく。

最初の目標はもちろん乳首だ。そこをめがけて亀頭を突き出す。

そこを手始めに、少しずつ乳房の小山全体に亀頭を滑らせ、更にわき腹まで鈴口を押し付けていく。ほどなくして、胸全体が薄く幸樹のカウパー腺液で湿ったようになる。

「ああ、良いわあ。おチ×ポの匂いがあたしのものになっている気がする。ああっ、たまらないわ……」

熟女が興奮して身悶えする様子を見るだけで気持ちが盛り上がる。

「こうやってマーキングしていると、美和さんが僕のものになった気がする」

「気じゃなくて、ほんとうにあたしは、幸樹くんの持ち物になりたい」

（本気かよ……？）

さっきは、バレーボールチームを立て直すためにエッチをする、と言っていたのではなかったか？

しかし、今の美和を見ていると、そんなことは忘れてしまっているような気がする。

「バレーボールの監督はいいんですか？」

「もちろん、それはやるわよ。でも幸樹くんにこうやって中出しして貰ったり、マーキングして貰ったりしている方が、うちのチームが勝てそうな気がするの……」

「監督は試合に出場しませんよね」

「それはそうだわ。でも、あたしが幸樹君とエッチすると、絶対に、うちのチームが勝てそうな気がするんだな……。不思議だけど、そう思うんだ」

神がかり的な発言だった。でも、彼女が何を信じようと、幸樹がこんな美女アスリートを自分のものにできるなら、それはそれで結構なことだ。

「だったら、もっといろいろなところをマーキングしちゃいますね」

幸樹は、そう言って屹立した肉柱を今度は美和の美貌に持っていった。口許（くちもと）につけてやると、案の定、大きく口を開いて、吸い取るように唇を被（かぶ）せてくる。

美和の口唇吸引は、ダイナミックだった。唇でしっかりカリの部分をホールドして、奥まで入れないが、その位置でキューッと激しく吸引する。

「おおおおーっ」

気持ちがいいというより、痛さを感じるようなフェラチオ。しかし、その次の瞬間には、すっかり弛緩して柔らかな舌が表面をなぞり始める。

(ああっ、こういうフェラは最高だよ)

その気持ち良さを満喫していると、また突然激しい吸引が起きる。

「おおおおーっ、ちょ、ちょっと美和さん……」

「ウフフフ、これが女子アスリートのダイナミック・フェラよ」

一瞬顔を上げてそう言うと、また幸樹の股間に顔を沈める。

しかし今度は、ダイナミック・フェラにはしなかった。舌をそっと裏筋に沿わせると、しっとりと舐め始める。

「ああああっ、き、気持ちいいですぅ……」

多彩なフェラチオのテクニックに、二十四歳の青年は悶絶する。

それに構うことなく、元バレーボール選手は舐める範囲を広げていく。

さっきは亀頭だけの吸引だったのが、ハーモニカを吹くように幹の根元から横咥えで舌を遡上させ、亀頭の窪みで引っかけるように舌先を丸める。

「あっ、うあああーっ」

卑猥(ひわい)な舌の動きに合わせて、幸樹の腰が飛び跳ねる。その動きについていけなかった熟女は、口から肉棒を吐き出した。

「あら、こんなにピクピクさせて、幸樹くんの持ち物って、こんなに立派なのに、可愛いほど敏感ね」

「ああっ、すみません。もっと我慢します」

「いいのよ。それよりすごいの。フェラしていると、どんどん、いい匂いがしてくるの」

「えっ、そうなんですか？」

幸樹は、今までそんなことを言われたことがなかった。

「そうなの。発情臭なんだと思うけど、あたしはこういう野性味のある匂いに弱いの……。ああっ、もっとご奉仕したかったのに、それよりもこれを中に入れて欲しくなってきた」

美和は肉棒を指先で摘(つ)まんだ。

「僕も、そろそろまた美和さんの中に入りたいと思っていました」

「じゃあ、相思相愛ね」

美和が仰向けに横になった。悩ましげな表情を見せながら、長い美脚を開いていく。女の中心はすっかり温まり、サーモンピンクの肉襞から湯気が出ている。今度は正常位が良いらしい。美和は幸樹を迎える姿勢を整えた。

「じゃあ、行きますね」

幸樹は膣口に穂先を合わせるや、一気に腰を突き入れた。さっきの対面座位で、美和の肉壺のきつさは分かっている。押し返されないように息を止めた。

ぐちゅっと淫音が響き、反り返った雄渾な逸物が中に侵入していく。膣肉が強烈に擦り上げられる。

美和が悲鳴のような歓声を上げる。

「あああ、あうっ、やっぱり幸樹くん、あなたの、硬くて大きいの……。おお、ああっ……。でも、気持ちいいっ」

「おおっ、やっぱりきつい。でも、やっぱり美和さんの中、気持ちいいよ……」

幸樹もあまりの快美に声を上げずにいられない。

一番奥まで送り込んで、一旦動きを止める。

そのまま自分の下にいるアスリートを見つめる。流れないでその位置にいる巨乳が見事だ。

「ハッ、ハッ、ハッ、ハッ」

自分も激しく呼吸しているが、それは美和も同じだ。あばらの浮き出た脾腹(ひばら)が激しく上下に動いている。

「ほんとうに気持ちいいですか？」

「も、もちろんよ。こんなに太いおチ×ポで攻められるんだもの。気持ちよくないわけがないわ。ほんとうに素晴らしい……」

「じゃあ、動いても大丈夫ですね」

「ええ。遠慮なく動いて、あたしを滅茶滅茶に気持ちよくさせてね」

「でも最初はゆっくり動くね」

二十三歳のシェフは女体を味見するように、三十四年物の蜜壺をしっかりとかき回し始めた。

幸樹は、腰をグラインドさせながら、ゆっくりと逸物を上下させる。

陰毛が擦れあい、肉襞が、捻じられるように動く。一方で、その肉襞は、肉棒を締め付けるように動き、その反対同士の力が破断するとき、女体は最高の快感を覚えていた。

「いいっ、いいの、ああっ、ああっ、ああん、ああっ……」

日焼けした女子アスリートのきめ細やかな肌が淫蕩に染まる。いつの間にか、表情は穏やかに変わり、エッチな快感をひたすら楽しんでいるように見える。

しかし、そんな美和の様子を観察している余裕は、既に幸樹にはなかった。

（ああっ、美和さんの細かい襞々があそこにまとわりついて……）

かろうじて放出しないでいられるのは、ストロークのスピードをぎりぎりのところまで落としているからに過ぎない。

下を見ると、巨乳が小刻みに揺れ、幸樹を誘っているように見える。

幸樹は、そこを吸わずにはいられなかった。

「美和さん！」

さっき、彼の胸や背中を優しく刺激してくれた豊乳に、万感の思いを込めてむしゃぶりつく。

「んああああっ、ダメよっ、今おっぱい弄られたら……、あたし、もうイッちゃう……」

幸樹は腰のストロークを続けながら、乳首を甘噛みする。その刺激は明らかに膣と連動し、動かしている逸物の締め付けを増してくる。

「ああっ、いいよぉ、美和さんのおっぱいの味も、オマ×コの締まり具合も、最高だよぉっ」

乳房のしっかりした弾力を楽しんでいると、睾丸の位置が上がってくるのを感じる。そろそろ限界が近づいてきた。

美和は、既に幸樹の攻勢で、何度も小さな絶頂を迎えている。あとは最後の高峰に昇らせることだ。

幸樹は一度大きく腰を引いて、肉刀を引き付けた。

勢いよく肉刀を振り下ろす。

ドンという肉柱の打ち込みとともに、力強く美和の乳房を握りしめる。

「ああっ、凄すぎるぅ」

美和の媚声が夜中のマンションに響き渡る。

抽送(ちゅうそう)は直ぐにトップスピードになった。

「ああっ、激しすぎよぉ、そんなに動かれたら、壊れるぅ……」

「ああっ、もう遅くすることなんか、無理ですぅ……。な、なんて美和さんの中は気持ちがいいんだ」

美和の媚肉が絡みつくような快美さを持っているのは、浴室でのセックスで分かっていた。しかし、自ら激しく動いてみると、その気持ち良さが二倍にも三倍にもなるような気がする。

「ああっ、幸樹くんのおチ×ポ、凄すぎるぅ。あああっ、もうダメぇ……っ」

悲鳴を上げる間も、剛直が美和の蜜壺を抉っていく。

「ああっ、もう、あたし限界なのぉーっ、ああっ、まだイキたくないの。もっとゆっくりイカせてぇ」

「美和さんダメですよ、僕にイキ顔見せてください。美和さんのアスリートの顔じゃなくて、淫乱な女の顔を見せてください」

「ああっ、感じている顔を見せるのが恥ずかしいの……、ああっ、許してぇ……」

その間も勢いづいたピストンが続いている。反り返った肉棒は、美和のGスポットを、これでもかと言わんばかりに擦りあげている。女の快美は、どんどん追い上げられている。

「僕にイキ顔を晒してください。それが見たいんです。お願いだから……」

幸樹の言葉に美和は遂に箍が外れた。

「ああっ、イクぅ……、イクぅ……、イッちゃうのぉ……」

美和の広がった足の指先がきゅっと内側に折れ曲がり、伸びやかな肉体全部ががくがくと震えた。膣が痙攣し、あらゆる快感が子宮に集まって、何も分からなくなっている様子だ。

「ああ、イクぅうぅっ」

美和の子宮から湧き上がる快感は、幸樹の肉棒に伝わり、背筋をゾクゾクとざわめかせる。

(美和さん、すごすぎるよおっ……)

女のこんな激しい絶頂を、幸樹は初めて見た気がする。

美和は身体を引き攣らせて絶頂を告げたまま、意識は乳白色に染まった淵に沈んでいった。


美和が気が付いたとき、幸樹はまだピストンを続けていた。もちろんさっきの激しさではなかったが、心配そうに美和の顔を覗きながらも、腰の動きは止めていない。

「美和さん、大丈夫? 凄いイキっぷりだったから……」

「そ、そんなに凄かった? あああん、恥ずかしい」

顔を横に振ると、ショートカットの髪が乱れる。

「うん、素敵だったよ。美和さんって美人だけど、イッたときの方が百倍ぐらい綺麗だった」

「ああっ、そんな、あたしの性欲を刺激するようなことを言わないで……」

「でも、美和さんは中に僕の精子が欲しいんだよね。だったら、性欲は刺激された方がいいと思うな……」

「でも、エッチすぎるから……」

「エッチすぎるぐらいがちょうどいいんだよ、きっと。それだと僕も本気で中出し出来るような気がする」

「そ、そうよね。あたしがもっと淫らになって、幸樹くんを誘った方がいいのよね」

美和は一度眼を瞑って、再度眼を開け、潤んだ眼差しで幸樹を眺めた。

「幸樹くん、今度は、あなたがあたしの中でイク番よ……」

「うん、そうだね。でもその時は、美和さんにももう一度イッて欲しいな」

「いいわよ。二人で一緒にイキましょう……」

二人はどちらからともなく、指を絡み合わせた。

「じゃあ、いくね」

その言葉と同時にピストンが再開された。浅いところと深いところとを十分に舐りながら、お互いが気持ちよくなるようなピストン。

熟女アスリートの蜜膣は、あっという間に禁断の高みに押し上げられた。

「ああっ、幸樹くん、凄いわっ、さっきよりも段違いに気持ちがいいのぉ……」

律動による快美な波紋が美女の隅々まで達し、最高の愉悦が表情を更に淫らにする。

「あたしの中で、こんなに立派になってくれているぅ……、嬉しいのぉ」

「おおっ、凄いよぉ、僕のチ×ポが、すっかり絡めとられて……、ああっ、キツキツだよぉーっ」

「くううう、駄目よぉ、ううっ、幸樹くん、いったいどこまで大きくなるのぉ……」

「分からないです……でも、美和さんの中はとことん気持ちが良くて……、もう僕にもコントロールできません……」

若いとはいえ、さっき一番精を放ったばかりだ。本当なら萎えても仕方がないところだが、いくらでも二番精を放てそうな気がしていた。

ピストンに伴って、分泌された蜜液が「ぐちゅっ、ぐちゅっ」と音を立てながら漏れ出してくる。

それは二人の陰毛をしっとりと濡らし、更には女の鼠径部を経て、シーツに大きな染みを作っていた。

その様子を見るにつけ、幸樹は、これぞ「おのこ」と言わんばかりに、男根の形を女の壺に覚え込ませるように突き進む。

「ああっ、またぁ……、あああっ、また波が来ちゃうぅ……。あ、あたし、どうしたらいいの……」

「ぼ、僕はまだ大丈夫ですよ。構わないので、遠慮なくイッちゃってください……」

「ひ、ひどいぃ、一緒にイこうって言っていたのに……」

「う、嘘ですよ。ぼ、僕も限界です。一緒にイキましょう。美和さん。遠慮なく僕のチ×ポから精液を引きずり出してください」

「あああっ、そんなぁ、はあ、はあ、元気なあなたの精子が欲しいの……、え、遠慮なさらずに中でたっぷり出してぇ……、お願いよぉ……」

お互いの気持ちがひとつに重なった。

「はあい、いきます……。ああっ、出るぅ、出るぅ、これで、美和さん、イッてぇ……」

幸樹は必死で我慢していたコックを開き、中身を美和の肉壺にぶちまける。

「ああああああ、イクイクぅ、あああああっ、幸樹くん、凄いのぉ……」

どくどくと注がれる精液が肉襞に衝突すると同時に、熟女アスリートは最高の快美を覚えながら、牝啼きで応えた。

第三章　破廉恥ドーピング検査

結局美和とのセックスは日付が変わっても終わることなく、何とか終わったのは、午前二時を過ぎていた。

「泊っていけば……」

という美和の誘いをやっとの思いで振り切り、下の階の自分のベッドに潜り込めたのはほぼ三時。その後は爆睡した。

目を覚ましたのは電話の呼び出し音によってだ。寝ぼけ眼（まなこ）で電話に出る。

「マスター、どうかしました？　もう九時なんですけど」

「ゲッ、えっ、九時だって……」

驚いて時計を確認する。確かに九時を既に廻っている。

今日は土曜だから、ランチタイムは平日のようには混まないが、それでも一定数の常連客は来るし、家族連れの来店もある。また、営業時間も夜時間がない分、十七時まで営業している。だから、仕込みに使える時間が二時間というのは、ほとんどギリギリである。

電話してきたのは、尼野真帆、二十四歳。城南大の大学院でバドミントンを専門にやっている選手だ。真帆は、佐久間屋の三階、美和の隣の部屋に、城南大のＯＧで二十六歳になる姉の志穂と共に、暮らしていた。

二人はあるＩＴ企業と契約して、そこから練習費用や遠征費の面倒を見てもらっているのだが、それだけでは足りないようで、真帆は生活費の足しにと、週に二日、佐久間屋でバイトしている。土曜日は九時から十七時までの約束だ。

普段は、幸樹は朝七時ごろ起きて、顔を洗ったり、朝食を摂ったりして、店に出るのは午前八時ごろだ。パートさんやバイトくんが来るのは早くても八時半過ぎである。だから、いつもなら、幸樹が仕込みをやっている最中に、パートやバイトが来るという感じだ。

しかし、今日は真帆が来た時間に、幸樹がいないどころか、店のカギも掛かったままで、「これは大変」ということで、幸樹のところに電話をかけてきたという次第である。

「ごめんなさい、昨日ちょっと夜更かししてしまって、寝坊しちゃいました」

慌てて着替えた幸樹が下に降りていく。

佐久間屋は昭和レトロを売りにした洋食店で、いわゆる日本風洋食のメニューしかない。カレーライス、ハヤシライス。ナポリタン、カツレツ、フライ、オムライス、ハンバーグといったものである。

もちろん業務用の冷凍食品や半製品も利用しているが、看板メニューのビーフシチューやカレーは、代々続く伝統のレシピで作るので、それなりに準備に時間がかかるのだ。

真帆に手伝って貰いながら、どんどん準備していく。来客数を予測して、フライ系なら揚げる直前まで、煮込み系料理は完成直前まで作っておく。

時間がないから必死だ。気が付いたら、もう開店五分前になっていた。

真帆は既にウェイトレスの制服に着替えている。

「真帆さん、掃除は終わっていますね」

幸樹は、アルバイトであっても、ちょっと年上の真帆への敬語を崩さない。

「はい、ＯＫです」

「フロア係、今日は真帆さん一人だから、よろしくお願いします」

「頑張ります」

自分も調理服を着替え、コック帽をかぶって、十一時の開店を待つ。

開店時間になると、「佐久間屋」と染め抜いた暖簾を表に出し、おすすめメニューの書いた看板を店頭に置く。

待ちかねたように最初のお客さんが入ってきた。

出足は好調だったのだが、この日はその後、客足が伸びなかった。土曜日にしては珍しく、午後二時を過ぎると、店内に誰もお客がいなくなってしまった。

二人で調理室に入り、世間話をしながら、客が来るのを待つ。

幸樹が真帆に訊いた。

「最近は、バドミントンの調子はどうなんですか」

「うーん、それが結構スランプなのよ。姉との呼吸が微妙に合わなくなってきた感じで……」

二人は姉妹選手として、ランキングはかなり上位にいる。

「へえ、難しいものなのですね」

幸樹はバドミントンのことを、実は全く知らない。もちろんラケットで羽根のようなものを突き合う競技であることは知っているが、正直どの辺が大変なのか、全然見当がつかないのだ。

というか、むしろ、ただの羽根突きじゃないか、と思っている。幸樹も子供のころ、父親に連れられて、近くの公園でプラスチックのラケットを振り回して、やはりプラスチック製の羽根を突きまわしていた口だ。

そんな経験しかないのに、楽なスポーツだろうと勝手に思っている。

「とにかく、スピードが命の競技だから……、二人の息が合わないとボロボロになっちゃうんです」

「そういうものなんですか……」

幸樹はピンとこなかったが、全ての球技の中で、最も反射神経の鋭さを要求されるのがバドミントンなのだそうである。

男子のトップクラスの選手のスマッシュのスピードは、軽く四〇〇キロを超えるという。

コートのエンドの長さが十六メートルほどだから、そこでこのスピードのスマッシュが来ればとても取れるとは思えない。

真帆の話を聞くと、ダブルスはよっぽど二人の息が揃わないとなかなか勝てないというのは、門外漢の幸樹でも容易に想像がついた。

「シングルに転向するとかはできないんですか？」

「無理無理」

真帆は直ぐに顔の前で手を振って否定した。

「あたしたちはそもそも、コンビネーションの良さで勝負するタイプの選手なんです。そこが姉妹の強みというか……」

「そうなんでしょうね……」

「二人の阿吽の呼吸というか、そこがぴったりと合うから、強いコンビにも何とか立ち向かえていたんです。それが崩れてくると、そもそも個人の力がそんなにあるわけではないから、結構ボロボロにやられちゃうんですよね」

「それは困りましたね。何かいい解決策があればいいのでしょうが……」

「正直、勝つためなら何でもするという気持ちはあるんだけど、この息が合う、合わないは凄くデリケートで、二人で解決するしかないとコーチにも言われているのよね」

「変な話だけど、二人でレズとかしたらどうなのかな」

「ああっ、マスター。それってセクハラ発言ですよ」

真帆は笑いながら言った後、真面目な顔になった。

「実は、それも考えたことがあるんです。でも、さすがに姉妹ではかえって恥ずかしさが先に立っちゃって、やっぱり無理なんですよね」

幸樹が口を挟める問題ではなさそうだ。

やがて新たな来客があって、その話はそこで何となく終わってしまった。


その晩、幸樹が部屋でひとりでのんびりと夕食を摂ろうとしていた時、突然玄関のチャイムが鳴った。

誰かと思って訝しがりながらドアを開けると、そこには美和が立っていた。

「勝ったよ！」

幸樹の顔を見るなり、美和は抱きついてきた。

今日はバレーボール二部リーグ一位チームとの決戦だった。城南大女子はフルセットまでもつれ込む大接戦の上で勝利をもぎ取ったそうである。

「おめでとうございます」

「これも、幸樹くんのお陰よ。美味しいシャンパン買ってきたから、二人で祝勝会やろうよ」

「もちろん、それは構いませんが、何故選手たちとの祝勝会じゃあなくて、僕となんですか？」

「だから、今回勝てたのは、幸樹くんのお陰だからだよ」

そう言いながら、美和は幸樹の部屋に上がり込んできた。

とりあえず、美和をダイニングに通し、再度質問する。

「僕のお陰って、僕は何もしていませんよ」

「したわよ。ゆうべ。あたしと、エッチ……」

確かに昨晩美和と濃厚なセックスをし、二度もたっぷり中出しした。しかし、試合するのは選手なのだ。美和とセックスしたからといって、それが結果に結びつくはずがない。

「確かに、昨晩僕は、美和さんを抱きました。でも試合するのは選手ですよね……」

訝しげに尋ねると、美和は鼻息荒く答えた。

「フルセット勝負。総得点は向こうが一〇一点取っている。うちは八十六点なの。要するに本来の実力は向こうが断然上。それなのにセットカウント三対二で勝てたのは、監督の差よ。はっきり言えば、あたしがやった策が思うように決まったの」

「そうなんですね」

勢いに押された幸樹は相槌を打つしかない。

「正直言って、いつもならもっと迷って、悪い手を打つことも多いの。でも今日は違った。頭の中が凄くすっきりしていて、監督の介入部分も見事に決まったし、打った作戦もみんなうまくいったの。試合がよく見えたのよ」

「でも、美和さんの作戦がうまくいったことと、僕と美和さんとがエッチしたことは関係ないんじゃあないですか？」

「違うわ、関係大ありよ。あんなにすっきりと良い策が打てたのは、幸樹くんの精液があたしのオマ×コの中にあったからなの」

「そんな馬鹿な……」

「いや、絶対そうなの。普段と違うところはそこしかないのよ。いつもは悪手を打ってばかりいて、選手から結構信頼を失いかけていたの。今日は完全に汚名返上できたわ。これは幸樹くんのお陰よ」

ここまで言われた以上、祝勝会に付き合うのは、男として当然の義務だろう。

「美和さんみたいな綺麗な人とエッチさせてもらって、こんなに感謝されるなんて、凄い幸せですよ」

「あたしも、幸樹くんにあれだけイカさせてもらった上に、試合にも勝たせてもらって、最高の気分よ」

二人はにこやかに乾杯した。つまみは有り合わせのもので幸樹が作り提供した。

上等なシャンパンは美味しく、幸樹の料理も美和のお気に召したようで、あらかたなくなり、二人とも、いい気分に酔っぱらっていた。

いつの間にか、飲み物は缶ビールに切り替わっている。

会話がだんだん内輪向け、下ネタになっている。

幸樹にとって、一番興味深かったのは、全日本選手のセックス事情である。

「練習、練習で、カレシとかを作る時間はないんでしょうね」

「そう、と言いたいところだけど、実際はみんな結構うまくやっているんだよね。練習が大変といったって、二十四時間練習しているわけじゃあないから……ねっ」

と言って、美和はニヤリと笑った。

「もちろん、全日本時代に新たなカレを見つけるのはなかなか時間的に難しいけど、元々カレがいる人もいるしね」

「そうでしょうね」

「そういう人だとね、自由時間に外出して、近くで待っている彼と一緒にホテルに行ったりね」

「門限ぎりぎりまで楽しむっていう寸法ですね」

「門限破りもよくあったよ。お互い様だから、みんなで助け合うのよ。昔はどっかの窓のカギを開けといて、みたいな感じだったけど、今は後輩にＳＮＳで連絡してね、開けてもらうのが普通かな」

「全日本の選手って、結構エッチな人が多いんですかね」

「そりゃ多いわよ。アスリートって闘争心がなければできないでしょ。闘争心と性欲って、凄い関係しているのよ。うちのアタッカーなんか、みんな性欲の塊みたいなもんよ」

「性欲の塊ですか……？」

「そう。ある程度性欲が昂じている方が、試合で闘争心を出しやすいっていうこともある。もちろん欲求不満が高まると、それが空回りしちゃってね、却って上手くいかないこともあるわね。だから、性欲は適度に発散できるのが一番いいの」

「どうするんですか？　セックスできないときは……」

「そりゃもちろん、オナニーかレズよ」

「バイブとか使ってですか？」

「そうでしょうね」

自分は関係ない、といったように美和は答えた。

「美和さんはどういう道具がお好きでした？」

「エッ」

美和は一瞬答えが詰まった様子だったが、すぐにこう言った。

「あたしは持っていなかったわ」

「ほんとうですか？　美和さんも結構性欲が強いから、きっと持っている、と思ったけど。じゃあ、美和さんはバイブ組じゃなくて、カレシとラブホ組かな」

美和は処女ではなかったから、カレシがいた時代もあったはずだ。

「アハハハ、そうだよ、って言ってあげたいところだけど、全日本の時代はちょうど空き家だったわね」

「じゃあ、指だけでオナニー。それともキュウリとか使ったかな」

「……っ、ゆ、指だけですっ」

まさか「していない」とは言えないと思ったのか、真っ赤になってそう答えた。

セックスの話をあけすけにしていた美和が、こんな話で急に恥ずかしがるとは思わなかった幸樹は、さりげないように言った。

「美和さんのオナニー姿を見てみたいな」

「ダメよ。絶対にダメ」

そう言われると、どうしても見たくなる。

「そんなこと、言わないでよ。美和さんのイッた顔は、僕は夕べ見ているんだよ。別にオナニーでイくところを見せてくれてもいいじゃないか……」

「だったら、エッチしたらいいでしょ……」

「面白いね。オナニーは嫌だけど、エッチならＯＫなんだ」

「もう、年下のくせに、変なこと言わないで……」

しかし、無理やり嫌がるのをさせたいと思うのは、男の性なのだろうか？　幸樹は口調を変えて言った。

「エッチは、美和さんがオナニーをして、僕が興奮出来たらするよ。もちろん、美和さんぐらいの美女が恥ずかしい姿をさらしてくれたら、僕は絶対に興奮すると思うけどね」

「ああ、そんなこと言わずに、美和を抱いて？」

「いやだよ。いいじゃあない。僕と美和さんしかいないんだから、オナニーできるよ。道具代わりのキュウリやナスも出してあげられるよ」

そう言いながら立ち上がった幸樹は、冷蔵庫からキュウリとナスを出してみせた。

「もう、そんなことするなんて、幸樹くん、嫌い」

美和はすねたようにそっぽを向いた。

「分かったよ。だったら、オナニーするところは見せなくてもいいから、もうちょっと教えて」

幸樹は敢えて話題を変えた。

「あのさ、ドーピング検査って、やるんでしょ？」

「国際試合では必ずやるわね」

美和によると、ドーピング検査は二種類あるという。即ち、試合の時に興奮剤のような違反薬物を使用していないことを確認する検査が一つ。

もう一つは、普段は違反薬物を使用していても、試合前になると投与をやめて、体内からその薬物を投与した形跡をなくしてしまう人がいるので、試合と全く関係のない時期に抜き打ちでやる抜き打ち検査である。

ドーピング検査は拒否できない。拒否すると試合に出る権利をはく奪されるルールになっている。

「抜き打ち検査はいつ来られるか分からないから、大変らしいわ。あたしは、全日本に呼ばれて国際登録されたのは二シーズンだけだから、抜き打ち検査の経験はなしで終わったんだけど、検査を受けた人の話によると、寝ている夜中とかにも平気で来るらしいのよ」

「ほんとうですか？」

「そうらしいわよ。夜中に来られた先輩は、あれはひどいって言っていた」

「ドーピングの尿検査って、裸でやるって聞いたんですけど本当ですか？」

「本当よ。検体のすり替えが出来ないように、最初全裸になって、どこにも何も隠していないことを検査員が確認してから、見ている前でするの」

「どこにも隠していない、って言うと……」

「口の中とか……」

「あそこの中もですか……」

「あそこの中に何か隠していたら、試合なんかできないよ」

「想像しちゃうなあ。もちろんドーピング検査、恥ずかしかったでしょ？」

「そりゃそうよ。普通、そんなところ誰にも見せないからね……」

「慣れました？」

「あたしは最後まで慣れなかったわね。まあ、ルールだから受けていたけど……」

そういうと、美和は気が抜けたグラスのシャンパンを、思い出したようにぐいと飲みほした。

「検査員が男性だった経験はありますか？」

「さすがにそれはないわね。女性アスリートに対しては、看護師さんとか、臨床検査技師さんとかの資格を持った女性がやっているみたいよ」

「そうなんですね」

幸樹は気のないような返事をして、ビールを飲む。それからおもむろに言った。

「僕も美和さんのドーピングの検査員をやってみたいな」

「えっ？」

美和はさすがに幸樹がそんなことを言うとは思わなかったらしく、絶句する。

「だって美和さん、ドーピングの疑いがありますからね。いつもと違った冴えた采配をしたんでしょ。ドーピングで、頭がすっきりしていたからではありませんか？」

「あははは、エッチがドーピング？　そんなこと言ったら、世界中のアスリートがアウトよ。あいつら、ほんとうにスケベなんだから……。ない、ない」

手を顔の前で振って見せた。

しかし、幸樹はそれを無視するように言った。

「さあ、全裸になってください」

幸樹は、テーブルの上のものを片付け始める。

「ほ、本気なの」

「はい。僕がドーピングしていたかもしれませんからね。ドーピングした男とエッチしたから頭が冴えたかもしれないじゃないですか。だから、今日はドーピング検査の必要があります」

「血液検査はどうするのよ」

「まあ、今日のところは尿検査だけということで……」

幸樹はニコッと笑った。

オナニーでは抵抗した美和だったが、こちらは幸樹の物欲しげな顔がよほどだったのか、それ以上抵抗しなかった。

「幸樹くんって、変態なんだね」

「ははは、すみません」

「だったら、幸樹くんも裸になって、ドーピング検査を受けるのよ。あなたがドーピングしてなければ、私が検査で出る訳ないんだから……」

「そりゃそうですね」

幸樹は何の躊躇もなく、部屋着を脱ぎ、すぐに全裸になった。自慢の巨根はまだ萎えたままだが、それでも、腰を美和に突きつけてみせる。それを、目を細めて見た美和は、仕方がないわね、といった風にシャツのボタンを外し始める。

「美和さんのおっぱいをまた見られると思うと、それだけでドキドキですよ」

「幸樹くんって、本当におっぱい星人なのねえ」

「美和さんのような、美人の巨乳が好きなんです」

「まったく、年上をそそのかすのも上手なんだから……」

すぐにブラジャーとショーツ姿になった美和は、ブラジャーのホックを外し、鍛え抜かれた身体の巨乳をさらけ出す。

さらに幸樹を見つめながら、ショーツも脱ぎ落とし全裸になった。抜群のプロポーションが、幸樹の前にすっくと立っている。

「どこで検査するの？」

美和は「ドーピング検査ごっこ」をする、ということを忘れていなかったようだ。

「バスルームにどうぞ」

先導する幸樹に続いて、美和が浴室に入った。

「うちとは違って結構広いのね」

美和が浴室内を見渡した。

「はい、この部屋は、元々祖父母が住むために作ったので……。でも水回りは僕が入居するときにリフォームしたんです」

「こんなきれいな浴室でおしっこするなんて、申し訳ないみたい」

「いいんですよ。僕も時々しますから……。というか、美和さんはお風呂場でおしっこしたことありませんか？」

「アハハハ……、お行儀悪いって叱られそうだけど、あるわね」

「お行儀悪いことって、何か楽しいですすよね」

「うふふふ、そうね……」

二人は顔を見合わせて笑った。美和は完全にその気になっている。

「それじゃあ、まず幸樹くん、見本を見せてよ」

「えっ、僕もするんですか？　でも僕はドーピング検査、受けたことないけど……」

しかし、幸樹は少し考えると言った。

「じゃあ、僕がお手本示しますから、美和さんはその通りにやるんですよ」

「ウフフフ、エッチな幸樹くんはどんなドーピング検査の方法を考えるのかな……？」

「楽しみですか？」

「まあね」

「では、その椅子に座ってください。そして、洗面器を顔の高さまで持ち上げてください」

「えっ、こうでいいのかしら」

風呂椅子に腰を下ろした美和は躊躇することなく、洗面器を自分の顔の高さまで持ち上げた。

幸樹は、その中に向かって、半分硬化した自分のホースを向ける。ビールをそれなりに飲んだので、排泄に支障はない。

ペニスのすぐ先にその先端をしっかり見ている美和の顔があるので、ちょっと緊張するが、少し息むと尿が出てきた。直ぐに勢いを増し、飛沫が美和の顔に飛び散る。

「あっ」

「しっかり出すところを見て！」

美和はちょっと声を上げ、洗面器を揺らしたが、すぐに元に戻り、幸樹に言われた通りに、顔を背けようとはしなかった。

幸樹は出せるだけ出すと、美和に言った。

「フェラしてもらっていいですか？」

美和は、黙って尿の溜まった洗面器を床に置くと、すぐに目の前の肉棒を捧げるように持ち、亀頭に舌を伸ばす。先端に残っていた雫を躊躇なく舐め、そのまま亀頭全体を唇の中に収めた。

「吸い上げてください」

美和はそのまま頷くと、「チュウ」と吸い上げた。尿道に残っていた残尿が美和の口の中に入る。

美和はそれを吐き出すことなく、舌で亀頭を舐り始める。美和の口の中で、逸物がどんどん硬く、大きくなっていく。

美和は鼻息を荒くしながら、フェラチオに余念がない。

「気持ちいい？」

息を整えるために一度口から離した美和は、上目遣いで訊いてきた。

「はい、最高です」

「そうみたいね。こんなに元気になって……」

年上の余裕を見せながら、再度硬化した肉棒を咥えなおす。

「ああっ、気持ちいいっ」

亀頭を咥えた美唇が、充血した肉竿の表面のゴツゴツを調べるように奥に滑り込んでいく。ぽったりした唇が美味しそうに勃起したモノを含んでいる表情は、もうアスリートの顔ではなかった。

(美和さんって、本当にかなりエッチなんだ)

昨日から自分の身体を欲しがったのは、幸樹の精液の力が欲しかったのではなく、純粋に自分とエッチしたかっただけなのかもしれない。そうであるなら、幸樹としてはかえって気が楽だ。

美和は、逸物を喉の奥まで送り込み、両手で根元をしっかり押さえると、「ジュボ、ジュボ」と顔を大きく動かし、その動きに合わせながらも、舌先は亀頭を丹念に舐めほぐしている。

「ああっ、出ちゃいそうです」

天井を向いて、溜息交じりにそういった幸樹の言葉を、美和は聞き逃さなかった。

「いいのよ、お口の中に出してくれても……」

そう言うなり、美和はぱくりと肉棒を咥えなおし、幸樹から絞り出す勢いで、さっきよりも激しく、顔を前後に動かしていく。

「そ、それは不味（まず）いよっ、だ、だって、美和さんのドーピング検査、終わっていないのにっ」

しかし、幸樹はそう言いながらも美和を強制的に止めさせることはできなかった。

腰のあたりがあまりに気持ち良すぎて、もう直立し続けることすら難しかった。背中を壁に預けて、なんとか立っている。

肉感的な唇が何度もペニスを行き来する。付け根の部分がきゅっと締め付けられると、太股がつい内股になってしまう。カウパー液が止めどもなく漏れ出している。見下ろす形になっているので、美和の表情は分からないが、きっと淫蕩な笑みを浮かべているに違いない。フェラチオを始めてから、美和は口から何も吐き出してはいなかった。

(それって、僕のおしっこも、我慢汁も、飲んでくれているっていうこと……?)

こんな美人に、自分の排泄物を飲んでもらっていると思うと感動だ。

「ああっ、気持ち良すぎるぅ……」

快感と感動が、幸樹の肉体を襲う。逸物は美和の口からはみ出るほど硬く大きくなり、美女の顔が歪む。それでも動きを止めない。

幸樹は自分の限界が来たことを悟った。

「み、美和さん、ああっ、出そうですぅ」

上目遣いになって幸樹の顔を見た美和は、そのままニコリと笑った。そして、更に深咥えし直すと、更に激しく顔を動かしていく。口中発射を促す動き以外の何物でもなかった。

あまりの気持ち良さに、腰のあたりの感覚がなくなっていた。何とか背中を壁に付けて体勢を保っているが、腰砕けになりそうだ。

急に激しい射精感が幸樹を襲っていた。

「あっ、ダメだっ、でるぅ」

幸樹が甲高い声で叫ぶ。その一瞬後、前後に激しく動いていた美熟女アスリートの顔が止まった。

どくどくと美和の口の中に、精液が直に放出されていた。

美和はそれを、身じろぎもせずに受け止め、やがて、口中で、更に亀頭を強く吸引し、ようやくペニスから口を離した。

「若いわね。いっぱい出たわよ……」

そういうと、美和は口から舌を出して、その上に乗せた白濁液を見せてくれた。

「す、すみません」

暴発させてしまった幸樹は、おろおろしながら謝る。

すると口を閉じた美和は、嫣然と微笑みながら、「ごっくん」とそれを嚥下した。

「ああっ、呑んだんですか？」

「当然でしょ。幸樹くんの精液には運気がたっぷり詰まっているんだから、呑まないなんてありえないよ」

「美味しくないでしょ」

「そんなことない。幸樹くんの精液は運気が籠っている分だけ、とてもおいしいのよ。ラッキーだと思って頂いちゃった」

幸樹は感動のあまり、思わず美和の手を取って立ち上がらせ、美女の肉体をしっかり抱きしめた。

二人はどちらともなく唇を寄せ合い、キスを始める。直ぐに舌同士が交錯する激しいディープキスになった。幸樹は抱きしめた手で、美女のなだらかなスロープを撫でまわしながらキスを続ける。二人の唾液がお互いの舌で混じりあわせられ、ひとつになる。

息苦しくなった二人は名残惜しそうに唇を外した。長い涎の糸がお互いの口から伸び、照明に照らされて光った。

照れくさくなった幸樹は、顔を背けるようにして俯いたが、美和はそんな幸樹の顔を摑まえると、自分の顔の方を向けた。

「これで幸樹くんのお手本は分かったけど、もうおしまいにする?」

「あっ。そうだった!」

フェラチオの気持ち良さとその後のキスにかまけて、幸樹はほぼ忘れていたが、今浴室にいる目的は、美和のドーピング検査だった。

「美和さんのドーピング検査もやりたいな……」

甘えるように言ってみる。

「うふふふふ、やっぱりするのね」

美和は、「思った通り」と言わんばかりに頷いた。

「はい、やりましょう。さっきの僕と美和さんの関係が完全に逆になります」

そう言いながら、幸樹は洗面器の自分の尿を捨て、更にお湯でさっと洗った。それを顔の位置に持ち上げながら、風呂椅子に座る。

「立ったままするのね」

「はい」

幸樹が澄まし顔で言う。

「立小便って、初めての経験だわ」

「女の子って、立小便をしようとして、失敗して、親に怒られる、って聞いたことがありますけど」

「そうなのかなあ、あたしは、自分でしようと思ったことはないよ」

そう言いながらも、美和は幸樹の前に仁王立ちになってくれた。

「それじゃあ、僕の目の前で、おしっこしてください」

幸樹は、美和の両足の間に入れた洗面器を、ぎりぎりまで持ち上げ、股間を覗き込んだ。

「なんか、これって、物凄くエッチな感じがする。普通の尿検査の時も誰か見ているけど、こんな近くで覗き込まれたことはないし……」

そう言いながらも息んでくれた。

が、なかなか出ない。

「なんか、こういう風に覗かれていると、出るものも出ないわね」

口調は平静だが、やっぱり恥ずかしいのだろうし、緊張もしている様子だ。

「溜まってはいますよね？」

「まあ、それはね。あれだけビール飲んだのに、トイレ行っていないから……」

しかし、出ないのもまた事実だ。

「ちょっと愛撫したら、きっと、出るようになりますよ」

幸樹は洗面器を一度床に置くと、美和の股間に顔を埋めた。

「きゃっ」

驚きで美和が悲鳴を上げた。

「クンニして気持ち良くなれば、おしっこしたくなりますよ。だから……」

そう言うと幸樹は、女口にまず舌先を伸ばし、大陰唇の周辺を確認した後、舌を上に伸ばしてクリトリスを刺激し始める。

「ああっ、そんなことされたら、立っていられなくなる……」

「大丈夫ですよ。どうしてもだめだったら、そこに手すりがあるから、そこに掴まってください」

祖父母が将来必要になると思って付けた手すりが、こんな形で役立つとは思わなかった。

美和がそこを握ったのを確認すると、更に舌を使う。

「ああっ、あああん」

熟女とは思えない可愛らしい声が漏れる。

「ああっ、凄くエッチなことされている……、ああっ、ああん……」

性感帯の中心を責められると、美和の喘ぎ声に、どんどん切なさが含まれてくる。

「おしっこしたくなったら、いつでも言ってくださいね。直ぐに止めますから」

「ああっ、もう出したいけど……」

幸樹の舌先は尿道口もノックしていく。

「ああっ、そこ、そうされると、ああっ、そろそろ出るかもしれない。ああっ、出るわよっ、出るっ」

切羽詰まった叫び声に、幸樹は急いで洗面器を取り上げると、股の下にはめ込んだ。次の瞬間、安心したかのように股間の尿道口が開いた。最初、シュッと噴出が洗面器の底を叩き、それが切れた後、「ジャーッ」っと勢いよく、やや黄色みがかった透明の液体が宙を舞った。

「出たっ」

嬉しさを強調するように幸樹が叫ぶと、洗面器に液体がたまり始める。立ってしていることもあって、飛沫もかなり飛び、幸樹の顔にぱしぱしかかる。幸樹はその恥ずかしい体液の出る様子を、一心不乱に見ていた。

「ああっ、恥ずかしいよぉ」

そう言って顔を覆(おお)い隠す美和。しかし、一度出始めた尿は、終わるまで止めることはできない。しばらく尿は落ち続けた。

やがて噴出が弱まり、最後の雫が淫裂にそって、ぽたりと落ちた。

「もうおしまいですね」

「うん……」

それから美和はポツリと言った。

「幸樹くんの前ですることが、こんなに恥ずかしいとは思わなかった……。シャワー貸してもらってもいい？」

幸樹は首を横に振った。

「まだ、検査は終わってませんよ」

「何するの？」

「僕はフェラをしてもらったから、僕はお掃除クンニします」

幸樹はそう言うなり、美和の両足をがっちり摑まえると、雫の残る股間を舐める。

「あっ、それダメッ、許してっ」

「許しませんよ。はい、言うとおりにしてください」

幸樹がきつく言うと、美和は諦めたように足から力を抜いた。美和の尿はやや苦かったがほとんど無味だった。それを吸い上げながら、また陰唇へも舌を伸ばしていく。

「ク、クンニはさっきしたわ。も、もういいですぅ」

「ダメですよ。僕だって、イクまでフェラしてもらったじゃあないですか。それとおんなじで、僕の舌で美和さんもイッてもらいますよ」

幸樹は揺れる両乳房に手を伸ばした。それを揉みながら、舌先は股間の中心を舐める。

大陰唇の周辺から始まって、小刻みに舌を移動させていく。一方で掌での柔らかい愛撫も忘れない。

「ああっ、おっぱいを揉みながら、そんなことするなんて、反則ぅっ」

そう言いながらも、美和の声はもう、快感の中に自分の身体を泳がせていた。

幸樹はクリトリスと大陰唇を交互に舌で舐りながら、三度に一度は女の中心の小穴に舌先を入れてやる。そこは既に洪水で、啜り上げると、尿とは違った粘度のある液体が口の中に注ぎ込まれる。

「ああっ、それっ、ああっ、いいの」

腰砕けになりそうな熟女は、手すりを握って身体をよじらせる。

満足そうな声と、身体の動きに、幸樹も嬉しくなり、舌の動きが滑らかになる。女壺に舌をこじ入れ、スプーンですくいあげるように愛液を舌にのせ、喉に送り込む。甘露だった。

クリトリスへの攻撃も忘れてはいない。しゃぶりつくように熟女の淫芯を舌先で舐る。

「ああっ、やん、そこっ、ああっ、ダメっ、あああっ、幸樹くーん」

美熟女は手すりにつかまっていても、腰が砕けそうだ。しかし、幸樹は悪魔のような心を持って、乱れている美和を舌先で攻め続ける。

「あああん、ああっ、や、やなの、変、変になるぅ……」

割れ目の上の突起をこれでもかと舌で弾くと、美和のよがり声はますます激しくなり、その声はバレーボールの監督として働いているときのアルト声とは全く違い、むんむんとした色気に満ち溢れている。

美和は身悶えしながら、幸樹の愛撫を受け止めている。

「ああっ、ダメッ、ダメなのっ」

よがり声とともに、芳醇な愛液が止めどもなく湧き上がってくる。

それを幸樹は夢中になって啜った。

「オマ×コ舐められるのって、美和さん、気持ちいいんでしょ」

「ああっ、言わなきゃダメッ……？」

「はい、言ってくださいっ」

「ああっ、気持ちいいのっ、だから、ああっ、もっとして貰ってもいいっ？」

「狂いたいんですね」

「ああっ、そうよ。でも、お口だけじゃなくて、下のものでも気持ちよくして欲しいの」

「それは、後のお楽しみです。今は僕の舌先テクニックでイッてください」

幸樹にクンニのテクニックというほどのものはなかったが、いかにも自信ありげに言ってみた。

「ああっ、恥ずかしい」

この恥ずかしいは、もちろん美和が期待していることの表れに違いない。

幸樹は、舌を更に小刻みに動かして大陰唇とクリトリスを舐り続け、溢れる愛液を啜り上げ続けた。自分の逸物も、いつの間にか最大限にまで膨れ上がり、カチカチになっている。それでも乳揉みと舌先だけで美和をイカせたい。

「美和さんのマン汁、最高の味です」

「ああっ、恥ずかしいこと言わないのっ」

「エッチなことは恥ずかしいことじゃないですよ。美和さんは痴女なんですから、痴女らしく振舞ってください」

「あたし、痴女なんかじゃない」

「僕の前では痴女になってください。そうすれば僕の精液をいつでも注ぎ込んであげますよ。そうすれば城南大女子バレー部は常勝軍団になれますよ」

舌を動かす合間で、幸樹は言葉でも美和を攻め続けた。

「ああっ、分かったわ。あたし、幸樹くんの前では痴女になる。ああっ、だから、もっと気持ちよくしてぇ……」

その声で、幸樹は舌の動きをさらに念入りにし、乳房への力もより気を遣うようにした。

「ああっ、イイっ、それ、イイのっ……」

自分をさらけ出した美和の声が嬉しい。幸樹は手指と舌を美和の性感帯にあてがい、より燃え上がってくれることを期待しながら、更に愛撫の力を注ぐ。

「ああっ、何で、こんなに気持ちいいのぉ……。幸樹くんにされていると、気持ち良すぎて……、ああっ、イッちゃうう……」

「遠慮なく、どうぞ」

「ああっ、ダメッ、こんなにクンニだけで気持ちよくなるなんて、ああっ、良すぎるぅ……、んあああっ、またイクぅっ、あああ、訳分からなくなりそう……」

アスリートの鍛え抜かれた女体は、幸樹の攻撃にすっかり魅せられ、エクスタシーの高原をさまよっている。

幾度となく昇りつめる女体が、下肢をぶるぶる震え続けさせている。

美和は手すりにつかまっているが、背中はいつの間にか壁にぶつかり、更なる刺激があれば崩れ落ちそうだった。

幸樹の波状攻撃が、熟女の絶頂を収められなくしていた。

ほとんど小指の先ほどだったクリトリスが、今や大豆大まで膨張し、熟女アスリートの性感を際立たせている。その赤黒いものを唇で軽くなぞってやるだけで、「あひーん」と声を上げた美和は四肢をぶるぶると震わせる。

「もっと狂っていいよっ」

「ああっ、限界なのぉ……」

しかし、その言葉を無視して愛撫を続けると、美和はますます興奮し、壊れていく。

「ひいいっ、イク、イクイクーっ、ああっ」

今までの震えとは異なる痙攣が来たのは、幸樹が強めに乳房を握りしめ、膨らんだクリトリスを思いきり吸い上げた直後である。

背中を預けていた壁から身体を離したかと思うと、今度は「ドン」と身体を壁に衝突させ、アクメの大波に全身をうねらせる。

「ああイクッ！　ひっ、イックウウゥゥゥ！」

幸樹も身体を跳ね飛ばされそうになったが、とっさに手を伸ばして美女を支える。

自分より体格のいい女性を支えるのは幸樹にとっても大変なことだったが、何とか抱きしめて震えが収まるのを待った。

「大丈夫ですか？」

やがて女体から力が抜けると、幸樹はぐったりした美和に呼びかける。

「ああっ、幸樹くん、ありがとう。凄かった。クンニだけでこんなにイッたことなかったから……。ほんとうに良かったよ。ありがとう」

半眼になって、途切れ途切れ幸樹の耳元に囁く熟女は、幸樹との年齢差を感じさせないほど可愛かった。

「今日もエッチする？」

幸樹は可愛らしくふるまう美女アスリートとしなければもう収まりがつかなくなっていた。それは美和も同じだったようだ。

「うん……、可愛がってくださいね」

小さく頷く姿は、とても熟女とは思えないキュートなものだった。

第四章　快楽に壊れる肉体

翌日は日曜日、佐久間屋は定休日である。美和も今日は練習がお休みで、一日フリーだと言っていた。

昨晩、美和とはその後も求めあい、幸樹は美和の中に二度射精した。そして、二人は幸樹のベッドで抱き合いながら眠った。

気が付いたらもう九時過ぎている。もそもそと幸樹が起きだすと、美和も起きてきた。

「幸樹くんって、凄く良い身体をしている。こうやって朝日の差し込む部屋で見ると、特にそう感じる」

幸樹は、水泳選手時代は、逆三角形のやせ型で腹筋が六つに割れていたが、今もその身体を維持しようと頑張っている。

美和が、朝勃(あさだ)ちしている肉棒に目を細める。

「そういう美和さんのヌードだって、凄いですよ。これで、特定のカレシがいないっていうのが信じられない」

引き締まったアスリートの身体に、Ｈカップの美巨乳は、美術品のようでもある。

二人はどちらともなく近寄って、キスをする。

「なんか、このまま服を着るのって、凄く勿体(もったい)ない気がするわ」

「じゃあ、今日は裸族で過ごしましょうか」

「うふふ、それより、シャツ一枚だけ着ようよ。パンツは禁止。下半身はむき出しにして、どちらかが欲しくなったら、どこでもエッチするの……」

「美和さん、凄いこと考えますね」

「ウフフフ、あたしに痴女になれ、って言ったのは幸樹くんでしょ。だから、今日は痴女になって、欲望の赴くまま幸樹くんを求めちゃう……」

「そうはいっても、今はまだいいです。それよりお腹が空きました」

「あたしもよ」

「じゃあ、なんか作りますね」

幸樹は、そういうと素肌にボタンダウンのシャツを身に着ける。同じものを美和に貸すと、美和にもちょうどぴったりだった。幸樹の胸の厚みと、美和の巨乳は似たり寄ったりなのだ。

十五分後、二人は朝食のテーブルを囲んでいた。トースト、カフェオレ、ハムエッグス、サラダといったありきたりのものだったが、幸樹はきちんとテーブルセッティングをして料理を並べる。

スマホを弄りながら待っていた美和は、シャツのボタンを上から三番目まで外している。白いシャツの隙間から見えるセピア色の乳首が悩ましい。全裸よりもエッチだ。幸樹もむき出しの下半身を誇示しながら、テーブルに着いた。

「いただきます」

夜中にたっぷり精を放出したせいか、朝食が美味しい。それは美和も同じようだった。二人はほぼ無言で平らげる。

一通り朝食を食べると、コーヒー片手に幸樹は美和に話しかけた。

「僕の精液に、ほんとうにアスリートを勝たせる力があるんですかね」

「あると思うわ。だって、愛美は幸樹くんとエッチした翌日の試合は、連戦連勝なんでしょ？　あたしだって、昨日勝てたのは、一昨日、幸樹くんとエッチしたからだもの……」

「それって、ほんとなのかなあ……？」

「もちろん他の人は違うのかもしれないけどさ、でもあたしの場合は、あたしがそれを信じているんだから、それでいいじゃない」

　もちろん、幸樹にしても、たとえその勝利が偽薬（プラセボ）効果だったとしても、愛美が勝ったり、城南大のバレーボールチームが勝ってくれたりするのは嬉しい。

「でも、美和さんと毎日していたら、その御利益が薄くなっちゃうんじゃないですかね」

「あたしは逆だと思うわ。あたしの場合、幸樹くんに中出ししてもらえれば、多分、中出しだけじゃない、きっとごっくんも同じだと思うけど、幸樹くんに出して貰った精液をあたしの身体に入れれば入れるほど、あたしの監督としての能力が上がると思うの」

「それはいくら何でも……」

「だって、愛美だってそうでしょ。幸樹くんとエッチするようになって、記録が徐々に伸びているでしょ。ただ試合に勝っているだけじゃあないのよ」

「でも、愛美の場合、厳しい練習もしているわけですから」

「でも愛美の記録の伸びは尋常じゃないわ。もちろんもっと若い高校生ならそういう風に伸びる子もいるとは思うけど、彼女の場合、水泳の世界ではそろそろベテランよ」

「まあ、それはそうですけど……。もし他にもそういう人がいたら、本当かもしれませんけどね」

「だったら、三人目も試したらいいんじゃない。誰か才能はあるけれども伸び悩んでいる選手を探してね」

「でも、そんな選手がごろごろしているとは思えないし……」

「そんなことないわよ。うちの大学の中だって、高校時代いい成績を上げて、城南大に入ってはみたものの、その後は鳴かず飛ばずっていう子は珍しくないもの……」

(そうなのかも知れないな。真帆もその一人かな……)

幸樹の頭の中で真帆の名がひらめいたのは、昨日、最近、姉と息が合っていない、という話を聞いたからだろう。

そこで美和に尋ねてみた。

「美和さん、尼野真帆ってご存知ですか。城南大の大学院生でバドミントンをやっている……」

「よく知っているわよ。だって、あたしの部屋の隣だし、大学だって一緒の研究室だから」

「競技は違うのに？」

「あたしはもちろん、バレーボールの監督がメインの仕事なんだけど、『生涯スポーツ研究室』というところの助手でもあって、そこの研究室に机があるの。で、一応、大学にいるときはそこにいるのよ」

「へえ……」

もちろん、大学に行ったことのない幸樹には、大学の仕組みがよく分からない。

「同じ研究室の大学院生が真帆で、真帆も、バドミントンをやっていないときは、同じ部屋にいるの」

要するに大学でも同じ部屋にいるらしい。

「だから、研究室の飲み会とかでは、結構一緒につるんでいるの」

「そうだったんですね」

幸樹が納得したように言うと、美和が訊いてきた。

「で、その真帆がどうかしたの？」

「彼女もスランプで勝てないらしいんですよ。彼女、お姉さんとコンビ組んでいるじゃあないですか。そのお姉さんとの息が、最近合わなくなってきたらしくて……」

幸樹は昨日聞いた話を、詳しく美和に説明した。

美和は話を聞き終わるなり言った。

「不調だとは思っていたけど、そんなに悩んでいたとは知らなかったわ。でも、これこそ幸樹くんの出番じゃない」

「えっ、僕が真帆さんとエッチするんですか？」

「いやいや、真帆だけじゃあだめよ。お姉さんの志穂ともしなきゃ。３Ｐで平等に愛するの。そうすれば、二人の息がぴったり合うようになるから」

「そんな馬鹿な……。ありえないですよ」

「二人とするのは嫌？」

「そんなことはないですけど……、だけど、まさかこの部屋には呼べないし……」

もちろん、美人姉妹を抱けるのは嬉しいに決まっている。しかし、それを彼女たちが望むかどうかは別問題だ。

しかし、美和は自分が話せば二人とも言うことを聞くと、自信満々だ。

「だったら、下のお店に呼ぼうよ。あとで店に来るように、二人には連絡しておくわ。今日は彼女たちもそんなに遅くまでは練習しないはずだから、午後か夕方には来てもらえるはずよ」

さっそく美和がＳＮＳで二人に連絡すると、二人も思った以上に乗り気で、夕方四時に店に来ることに決まった。

「それまで時間はたっぷりあるわね。じゃあ、それまでの時間。あたしの勝利のために、一肌脱いでよ」

美和がシャツのボタンを全部外して、幸樹のシャツにも手を掛けてくる。

「えっ、もうですか？」

もちろん、こんな素敵な美和だ。まだエッチしたい。しかし、朝食の後片付けも終わっていない。今から美和を抱くなんて考えてもみなかった。

幸樹の気のなさそうな言葉が、美和には嫌がっているように聞こえたようで、彼女はたちまち怒りだした。

「幸樹くんは、要するに、あたしとエッチしたくないという訳ね。こんな格好させて、夕べだって、あれだけ優しくしてくれたのに……。真帆や志穂がいれば、もうあたしはお払い箱っていうこと？」

「ち、違いますよ。ぼ、僕だって、美和さんみたいな美人と、いつだってセックスしたいと思います。でも、のべつ幕なしにエッチして、美和さんの仕事が上手くいかなくなったら、申し訳ないから……」

「そんなこと、幸樹くんが申し訳なく思う必要はないわよ。もし、幸樹くんとエッチのし過ぎで、あたしの監督能力が下がって首になったとしても、あたしは大好きな幸樹くんと楽しめたんだから、それはそれでいいの」

「本当ですか？」

「何が？」

「美和さんが、僕のことを大好きだっていうこと……」

幸樹が念を押すように言うと、ニコッと笑った美和が言った。

「もちろん、本当よ。だって、あそこは大きいし、テクニックはあるし、優しいし、彼氏としては勿体ないぐらい素敵なんだもの……」

「じゃあ、試合に勝てるというのは……」

「うふふ、それもホント。要するに、一挙両得っていうものなの」

そこまで言って貰えるなら、男冥利に尽きる。

「ああっ、美和さん……」

幸樹は、美和のシャツを剝ぎ取った。

美和を立ち上がらせてキスをする。

美和はすぐさま、半分勃っている肉棒を握りしめてきた。

「美和さんって、ほんとうにおチ×ポが好きなんですね……」

幸樹が美和の耳元で囁いた。

「ううん、違うの。あたしが好きなのは、幸樹くんのおチ×ポ」

「でも、僕の精液に、そんな力があるんだったら、多分、美和さんひとりのおチ×ポにはならないですよ」

「みんなが勝てるなら、それはいいのっ。でも、あたしのチ×ポにもなってほしい」

「少なくても、今は美和さんだけのものです」

「そうね。夕方までは、ずっとあたしのチ×ポよ」

全裸になった二人はもつれあうようにして、寝室に向かった。抱き合ったままベッドに倒れ込む。

レース越しの光は、部屋中を白く明るく光らせている。そこに日焼けした美和のヌードが浮かび上がる。

鍛えられた胸筋の上のHカップの巨乳は、横になっても型崩れがほとんどない。昨日から見続けているのに、思わず見つめてしまう。

「どうしたの……」

「やっぱり凄く綺麗なおっぱいだと思って……」

「好きにしていいのよ」

「うん、好きにする。だから今は、じっくり見ているんです」

たわわな乳房の頂(いただき)には、広い乳暈とそこから更に盛り上がった二段式の乳首がある。日焼けした乳房の頂点にあるセピア色が、美和の欲望をより示しているような気がする。

掌に神経を集中させて、じっくりと乳房全体に乗せてみる。張りがあって、それでいて搗(つ)きたての餅のように、力を入れた指を柔らかく受け止めてくれる。

指の先で乳首を摘まみ、左右に擦ってみる。

「あああっ、幸樹くん、エッチぃ」

そう言いながら、美和はさっきからずっと握りしめている幸樹の肉棒を扱き始める。

「ああっ、美和さんもエッチだよっ」

「なんか、幸樹くんと一緒にいると、自分がエッチな女でよかったって、凄く思えるの」

自分の精力が、肌を合わせた女性アスリートの勝利の源などと言われて責任を感じさせられるより、純粋にエッチを楽しめる方が、幸樹にしても当然楽しい。

「もっとエッチに揉んでもいいですか？」

「エッチな女なんだから、もちろんＯＫよ」

そう言いながら、幸樹は乳首への攻めをいったん中断し、裾野の筋肉の影響が残っている部分にやや力を込めてマッサージし、量感のある小山を登るにつれて、少しずつ力を弱めていく。

「僕の愛撫をたっぷり楽しんでください」

美和はそこまで対抗するように幸樹の巨根を扱いていたが、幸樹が耳元でそう囁いたので、そこから手を外して、より愛撫を満喫しようと仰向けになる。

幸樹は再度乳首を指を触るか触らないかの感覚で触れ始め、だんだん力を込めていく。

「ああっ、おっぱいが熱くなっていく感じがするの……」

「気に入ってくれているのかな……」

「もちろんよ。もっとおっぱいを気持ちよくして……」

幸樹は屹立した右乳首を摘まむようにして、指の腹で少しずつ力を込めながら擦っていく。

同時に左乳房には、息を吹きかけ、舌先を伸ばしていく。

左乳首を咥えた。こりこりにしこったところを、舌と上顎で挟んで扱く。

「ああっ、それいいっ、もっと強く吸って……。乳首を噛んでもいいわっ」

眉間に皺を寄せて、幸樹の愛撫を味わっている美和が叫んだ。

その言葉に、幸樹は乳首に軽く歯を立てて、段々力を込めながら擦っていく。

「あっ、痛い」

「あっ、ごめんなさい」

艶(つや)っぽい声の抗議に、幸樹は思わず謝る。

「違うの。凄くいいの。今ぐらい、痛いぐらい噛んで、思いっきり吸って欲しいの。ああっ、お願いっ……」

「分かったよ」

マゾっぽい熟女アスリートの願いに幸樹は戸惑った気持ちを感じながらも、強いバキュームと歯での甘噛みを繰り返す。

「あああああっ」

悩ましげな声が、幸樹の更なる攻めを引き出す。幸樹の歯の力が少し増す。

「ああっ、おっぱいがジンジンするのぉ……。ああっ、おっぱいだけでイキそうなのぅ……。もっと強くぅ……、もっと吸ってぇ……、もっとコリコリしてぇ……」

美和は喘ぎながら、股間をもじもじさせ始めている。

幸樹は乳房に気持ちを集中させながらも、広げられた股間に指を伸ばした。

花弁はすっかり濡れそぼり、軽くこすっただけで、幸樹の指先はすっかり愛液まみれになる。幸樹はそこを気にしながらも、乳首攻めに余念がない。

「ああっ、おっぱいが蕩けそうなの……、いいのぉ、幸樹くん、おっぱい弄るの、うますぎるぅ……。おっぱいだけでこんなに気持ちよくなったの初めてなのぉ……、ああっ、ダメっ」

美和は遂に身体を反らせて、大きく震えた。本イキだった。

幸樹は、美和のクリトリスを弄ったり、挿入したりしてでは何度もイッたのを見ていたが、乳房だけでこんなになるのは初めて見た。

幸樹は美和が落ち着くのを待ち、呼吸が整ったところでまた乳首への攻めを再開する。今後は右乳首を歯で攻め、左乳首を指で擦る。

「ああっ、ダメッ、またイクーっ」

今度は幾ばくの時間も経っていなかった。まだ頂点から下りきっていないところでの乳房攻撃。その連続技に、美和はアクメの高地を漂い続ける。

(下も攻めれば、もっと凄いことになりそう……)

再度股間に手をやると、指に絡みつく熱い愛液を感じる。幸樹は指先がべたべたになるのが、自分への勲章のように思え、更に乳房への愛撫に熱が入る。

「ああっ、ああっ、あああん……」

美和は気持ちが良すぎるのか、よがり声だけで言葉にならない。とうの昔に幸樹への愛撫は放棄して、自分の快感だけを受け止めている。

(よし、下も攻めて、もっと狂わせてやろう……)

幸樹も興奮して、逸物はさっきから充血しっぱなしである。それにもかかわらず、頭の中は冷静だった。思った以上に、美和のこと全部が見えている。

今、幸樹が思うのは、どうすれば美和を、更なる高みに押し上げられるかである。自分の全能力を使って、これまで見せてきた痴態を上回る彼女の絶頂を見たい。そのためには、すっかり熱気を帯びた熟女の身体をどう演奏すればいいか。

乳房の愛撫は舌先だけにして、指は女の中心を攻めるために使用する。指先の動きを慎重に見定め、神経を集中させる。舌は機械的に乳首を舐っているが、幸樹の気持ちはもうそこにはない。

一昨日から美和の性器は何度も愛撫しているから、その勝手は分かっている。熟女だけあって、クリトリスも中も敏感だ。

まずは花弁の周辺に指を置き、ピアノタッチでそこを優しくノックする。その位置を少しずつ中心に向かって動かしていくと、すぐに行きつくのがクリトリスだ。

その豆はすっかり充血して、既に小豆大にまで大きくなっている。そこも軽くノックする。

「ああっ、あああん」

乳房愛撫だけでは、もうほとんど声が出なくなっていた熟女アスリートは、新たな声を上げ、身体を震わせる。

(もうイッた……？)

乳房だけで何度もイカされているのだから、もっと感度の高い小陰唇を攻められればイチコロなのは当然なのだが、女性経験が豊富とは言えない幸樹にとっては、新鮮な感動が胸に広がる。

「ああっ、そこを、もっと……、ああっ」

アクメを更に延長させたいのか、美和から要求も出る。

「おっぱいはもういいですか……」

「おっぱいも、もっと虐めて。おっぱいもオマ×コも両方虐めて……」

美和は欲深いおねだりをしてきた。

「両方されるのが好きなんだ。元カレが、そんな風にしてくれたの？」

「ああっ、こんな風にしてくれる人なんか、ああっ、居なかった……」

「そうか、分かった。オナニーでしょ。オナニーの時は自分でおっぱいとオマ×コと両方弄っていたんだよね……」

「ああっ、そ、そんなことない……」

図星だったようだ。

「じゃあ、リクエストに応(こた)えるよ」

再度乳首を口に含み、歯を立てて甘噛みする。並行してラビアに触れた指を小刻みに動かしてやる。

「あああっ、それっ、あああっ」

美和は自分の要求が満たされたことを感じて、悦びのよがり声を上げる。

幸樹の指先のねちょねちょはどんどん多くなり、既にシーツに垂れ始めている。

(これは、またクンニしなけりゃな……)

幸樹は乳首愛撫を止めて、美和の足を大きく開かせる。昼の陽光に晒されたそこは、どこもかしこも濡れ濡れで、光を反射してキラキラ輝いている。

「大洪水だよ」

指で陰唇をぱっくり開いて、中まで確認する。

「ああっ、分かっているけど……、ああっ、こんな気持ち良かったら……」

熟女の恥ずかしがる姿が可愛い。

（こんな恥じらい方もすることがあるんだ……）

抱けば抱くほど、美和の新たな側面が見えてくるような気がする。

「スケベなオマ×コでございますって、書いてあるよ……」

「ああっ、そんなこと書いてないもん……」

舌足らずの響きが心地よい。

「美和のスケベなオマ×コのおつゆ飲んでください、って頼んでみてよ」

「そんなこと言えないもん」

「言ってくれなきゃ、もうエッチもしないよ」

「ああっ、そういう風にして年上を虐めるぅ……」

「だって、美和さん、凄い可愛いから」

「本当？　だったら言う……。ああっ、美和のす、スケベなオマ×コのおつゆ、の、飲んでください……。ああっ、言っちゃったあ」

美和は言い終わるなり、顔を両手で隠していやいやとかぶりを振る。足も閉じようとするが、そこは幸樹が許さない。

「ありがとう、じゃあ、いただきまーす」

幸樹は、湧き出ている泉に舌を這わす。舌を丸めて受け止めるようにすると、そこに垂れたものが溜まっていく。

「ああっ、何しているの……」

積極的に吸おうとしない幸樹に、不安になった美女が問いただす。

受け止めた液をゴクリと飲んだ青年は答えた。

「漏れた液を飲んだんだ。これから積極的に吸って飲むからね」

「あああああーっ」

期待と恥ずかしさとが混じりあった声を聞きながら、幸樹は陰唇に唇を密着させ、勢いよく吸引する。中に溜まった愛液を根こそぎ啜り上げる勢いだ。

「凄いバキュームでっ、あ、あっ、気持ち良すぎるぅぅぅ！」

美和の腰が浮き上がる。その押し付けられた腰に合わせるように、舌先を蜜壺にねじ込み舐りまわす。

「ああっ、凄いっ、凄いのぉ……、ああっ、幸樹くーん……」

舌を動かすたびに、熟女の腰がぶるぶる震える。尋常じゃないよがりように、幸樹の舌は勇気を貰い、ますます激しく吸引してしまう。

「オマ×コの中で、舌がぐるぐる回されて、ンあああっ、おかしくなりそう……」

「おかしくなってくださあーい。あああっ、美和さんのエッチな姿を見せてっ」

「あああっ、そんなっ……」

幸樹はクリトリスも並行して攻める。舌を膣穴に入れたまま、鼻先でクリトリスをくすぐるのだ。それは、美和を更なる爆発に導いた。

「あっ、それっ、ダメッ、ダメなのぉ……っ。美和、また、イッちゃううううぅぅぅぅ」

膣での絶頂が収まらないうちのクリトリスでの大波。大柄のアスリートは、大きく身体をのけ反らせ、腰を突き上げる。すがりついている幸樹を吹き飛ばす勢いだ。

「あああああっっっ……、イクぅぅぅ……」

声をあらん限りに出して、悦楽の深さを叫んでいる。

幸樹は熟女の欲深い性感を納得しながら見ている。美和が落ち着くまでは、もう何もできなかった。

しかし、愛撫を止めれば、いつまでも興奮が続くはずもない。美和はだんだん落ち着いてきて、現実が見えるようになってきた。

そんな美和に幸樹は尋ねる。

「入れたい？」

「あっ……、はい……」

アクメに晒され続けたためか、ひどく従順になった熟女は、恥ずかしげに微笑んだ。

「美和さん、だったら、痴女美和として、しっかりおねだりしてくれなきゃ……」

「あああん、エッチに言わなければいけないんですね」

幸樹が頷くと、覚悟を決めた美和は起き上がって、ベッドの上に正座した。

「美和のぐちょぐちょのオマ×コに、幸樹くんのデカマラを突っ込んで、美和をたっぷりヒーヒー言わせて、天国に送ってください……。こ、これでいいですか？」

「美和さん、凄いよ。でも、その感じだと、中に出しちゃいけないんだね」

幸樹がダメだしするように言うと、顔を真っ赤にした熟女は、半分拗ねたように言う。

「全く、一回りも年上の女をこんなにメロメロにして……。中出ししてくれなきゃ、嫌に決まっているじゃないですか……」

そう言いながら、膝立ちになると、幸樹の上に身体を投げ出してきた。

幸樹が仰向けに倒されると、美和は、居ても立っても居られない様子で、すっかり硬化した逸物を握りしめてくる。

「僕のおチ×ポ、自分から入れるんだ」

美和は、その言葉を待っていたかのように、幸樹の身体に跨り、肉棒を掴まえてその位置を確認する。そこに向かって腰を下ろしてきた。

切っ先が今までたっぷりクンニしていた肉ビラに当たる。それを感じた熟女のそこがプリッと動き、次の瞬間には、何のためらいもなく肉壺の中に収められていく。

「ああぁっ、やっぱり、幸樹くんのおチ×ポが凄いの……、大きくて、硬くて」

そう言いながら、熟女は腰を下ろす。幸樹の逸物がメリメリと分け入っていくのが見えるのが、幸樹をますます興奮させる。

「どう、自分から入れた感想は……？」

がっちり中まで収まり、腰を落とした熟女アスリートに尋ねる。

「あっ、あっ、最高よ。どんどん馴染んで、どんどん気持ちよくなっていくの。あっ、美和のオマ×コの中で、幸樹くんのがヒクヒクいってる、この感じがたまらない……」

美和は、腰をゆるゆるとグラインドさせる。

「ねえ、美和さん。僕のおち×ちんが上げマラじゃあなくて、下げマラだったとしても、こんなことしてたかな……？」

「そ、そんなこと、言える訳ないでしょ、ああっ、で、でもっ、やっぱり凄いのっ」

「そんなに気持ちがいいなら、僕が下げチンだったとしても、美和さんは僕を選んだと思うな」

幸樹はそう言いながら、強い締め付けに抗(あらが)いながら、腰を突き上げた。

「あっ、そんなことされたら、子宮が潰れちゃう……」

狂ったように叫ぶ美和。

「じゃあ、もう、動くの止めようか……？」

「止めないでっ、幸樹くんも動いて、美和をもっと気持ちよくさせてぇーっ」

美和の叫びは切羽詰まったような悲鳴だった。

「でも、美和さんが動いてくれないと、僕だけじゃあ無理だ……よっ」

「あああぁん、あたしも動くから、幸樹くんも動いてっ」

二人は、ともに快感を求めあうように、腰をグラインドさせ始めた。

二人の動きが微妙にずれて、それが快感を増幅する。動くたびに美和の締め付けの力が微妙に変わり、肉茎も蕩けるように気持ちが良い。柔らかな媚肉が真綿のように肉棒に絡みつくところが美和の真骨頂なのだろう。

「ああっ、凄い気持ちがいいよっ。ああっ、ずっと僕のオマ×コにしたい……」

「も、もちろんですぅ。美和のオマ×コは、ああっ、ずっと幸樹くんのものよっ」

上下運動が少しずつ激しくなり、Hカップ巨乳が上下に揺れる。

「くちゅ、くちゅ、くちゅっ」

摩擦音がだんだん大きくなる。

「あぁっ、あっ、あっ、あっ、あああっ、気持ちいいのっ……なんで、こんなに……」

脈動が擦れるたびに、美和が快感の声を出す。

美和は自分が上下に動きながら、快感を貪る。というよりも気持ちが良すぎて、もう膝のバネが働かない様子だ。

「そんなんでダメになっていたら、山内美和の名折れだよ。さあ、手を床についてもいいから、頑張って！」

幸樹は自分が美和のコーチであるかのように、声をかける。

「あああん、が、頑張りますぅ……」

後ろ手で支えることで、美和は腰の動きを再開できた。眉間に皺を寄せ、必死で快感に流されないように止まりながら腰をうねらせる。

そこを幸樹は、美和の動きに抗うように下から必死に突き上げる。

（この熟女を、自分の言いなりにさせたい……）

そんな黒い欲望が湧き上がってくる。

美女アスリートの身体が宙に浮き、また落ちては幸樹の股間に当たる。

「くちゅ、くちゅ」という摩擦音がいつの間にか、「ぱしっ、ぱしっ」という衝突音に変わっている。幸樹はその乾いた軽い音にさらに力を得て、更に突き上げに力を込める。

「ああっ、ダメぇ、そ、そんなにされたらぁ、美和が、壊れてしまいますぅ……」

「だ、大丈夫だよっ、美和さんはア、アスリートなんだから、音を上げないでっ」

「でも、ああっ、無理っ。そんな、ああっ」

美和は半泣きの声で、遂には幸樹の身体の上に突っ伏した。逸物は、美和の一番奥に突き刺さったままピクピク脈動している。熟女の身体もそれに操られるようにピクピク動いている。

爆竹が爆発するような快感の連続攻撃に、美和はもう耐えられなくなっていた。そんな美和は、とても全日本に「この人あり」と言われた女傑にはもう見えなかった。十歳も年上なのに、ひたすら可愛さだけが感じられる。

「と、とっても気持ちがいいの……」

美和は幼児がしゃべるような口調で訴えてくる。その可愛さに、幸樹は下から熟女を抱きしめる。

巨乳が自分の胸に密着した。彼女の美貌を両手で押さえ、唇を寄せてやると、吸い付いてきた。

幸樹はもう腰を動かしていなかった。動かして精を注ぐことよりも、長い時間繋がって、美和の中を感じていたかった。

しかし、美和はキスをすると積極的に舌を絡め、唾液を混ぜ合わせることに専念する。その動きに呼応するように、また自らの腰を振り始める。

その振動で、幸樹の胸に密着した乳首が更に屹立し、男の張った胸をくすぐる。

「美和は、壊れるって言っていなかった？」

「壊れそうですぅ……。で、でも、こうやっていると、ああっ、気持ち良さがずっと続いて……」

美和の恍惚（こうこつ）とした表情は、エロスを超越したような清らかさすら感じられた。

実際は、美和の一番奥で、もうこれ以上結びつけないというほどの強さでお互いが繫がっている。熟女の子宮は、幸樹の剛柱で持ち上げられているのだ。

「いっぱい入っている。ああっ、凄いのぉ、こんなのないのぉ……」

美和の腰はもう止まることがなかった。むしろ、さっきよりも積極的かもしれない。

それを刺激するように、幸樹もまた腰を突いてやる。

「ああっ、いいのぉ、子宮が、子宮が震えるのぉ……」

「ああっ、僕もっ、ああっ、イキそうだよ……」

「ああっ、それなら、あたしを厳しくお仕置きするようにして、イッてください。女性上位でイカせるなんて、それはダメなの……」

美和はいつの間にか、持ち前のマゾっ気を全開にしていた。

「分かった。じゃあ、いけない美和をお仕置きするために、獣のように犯してやる」

「ああっ、お、お願いしますぅ」

美和の声が期待で震えている。

食い込んでいる肉棒を何とか外すと、美和は四つん這いになり、尻を突き出した。

「本当に悪い女は、こうやってお仕置きすべきかな」

丸く盛り上がった尻朶(しりたぶ)を、幸樹はパンと張った。

「ああっ、嬉しい。いけない美和をもっとお仕置きしてください」

「ふふ、美和さんて、本当に変態なんだな……」

そう言いながら、幸樹は何度か尻朶を軽くスパンキングする。そのまま流れるように、叩かれたことを悦び震える熟女の腰を掴まえると、寸前まで反対向きで入っていた肉柱を、後ろから陰唇にあてがった。そのまま一気に押し込んでやる。

「ああっ、来てるぅ。ああっ、いいのぉ……」

　その声を聞きながら、一番奥まで突き入れると、幸樹は、そこを捏ね回すように自分の腰をグラインドさせる。

「あああっ、凄いぃ……っ、ああっ、幸樹くんが、あたしの中で……、あああっ」

「こういうお仕置きで満足できる？」

「あああっ、大満足ですぅ……。いけないい美和は、幸樹さまに後ろからお仕置きで犯されていますぅ……」

　喜悦の声が幸樹の興奮も誘う。

「じゃあ、もっと厳しくズコズコするぞ」

「ああっ、凄いのぉ、気持ち良すぎて、死んじゃいそう……」

「気持ちよくて死ねるなら、本望だね！」

　美女の発達した腰をしっかり押さえ、ガンガンと突き込みを続ける。

「イクぅ、イクッ、美和、またイッちゃうのぉ……」

　既に何度も絶頂を迎えている美熟女が、また新たな絶頂を迎えて、膣肉を痙攣させながら、幸樹の肉棒を締め付けてくる。

　こうされると、美和の興奮が幸樹にもダイレクトに伝わらずにはいられない。

「ああっ、美和さんっ、僕もイキそうだよっ」

「ああっ、う、嬉しい。幸樹さん、あたしと一緒にイキましょう……」

美和の選手時代のファンが見たら驚くような、圧倒的な色気だった。

幸樹は膝を浮かして腰を上げ、両手で振り子のように揺れ動く乳房を掴まえる。そこをぎゅっと握りしめ、掌にも力を込めながら腰を使う。

「あーっ、凄いよっ、美和ッ、最高だよお」

幸樹は、美和の色気の熱気に染まり、尋常ではなくなっていた。快感を貪りつくすように、膣壁を抉る。

「ああっ、あたしーっ、もうダメぇーっ、イクぅ、イク、イクぅ……」

突き込むたびに愛液が漏れ出し、飛沫が飛び散ってシーツを濡らす。

信じられないほどの快感が、幸樹の限界を呼び覚ましていた。

「中で出していいんだね……、僕も限界だよっ」

「も、もちろんよっ、中に頂戴……」

幸樹のピストンが、放精するための大胆なものに変わった。肉茎が外に大きく晒され、また奥まで一気に叩き込まれる。美和の肉襞も、その変化に鋭く対応して、うねりを持って肉棒を締め付けてくる。

幸樹はもう何も考えていなかった。快感に頭が麻痺して、ただただ、本能のまま腰を動かすだけだ。

「イクぅ、イクぅ……、何で、こんなに気持ちいいのぉ……、あっ、あっ、あっ、あっ、もう駄目ーッ」

美和の興奮もどんどん上がり、最後は絶叫で膣肉を急に締めた。

「ああっ、出るぞーっ」

幸樹も興奮の雄叫びを放ち、それと同時に我慢していた精嚢のコックを緩めた。尿道を精液が勢いよく走り抜ける。次の瞬間その白い活きのよい粘液は亀頭から美和の子宮に向けて発射され、それを白く染めた。

「ああっ、イクーっ……、あたしの子宮が、幸樹さんの精液でまた染められるの……」

譫言のようにつぶやく美和。

アクメの大波に攫われた熟女アスリートの様子をしっかり確認しながら、幸樹も膝をついて、悶絶していた。

第五章　三つ巴の肉悦

荒淫は眠気を誘う。二人はそのままシャワーも浴びず、ベッドに転がった。気が付いたときは、もういい時間だった。まもなく志穂と真帆の姉妹が、店に顔を出すはずだ。

シャワーを浴びて服を着た。

幸樹はコーヒーを沸かし、二人で遅い昼食ともおやつともいえない食事をとる。

「ほんとうにいいのかな……」

幸樹はつぶやくように言う。

「何が……？」

美和がけだるそうに答えた。

「二人と３Ｐするんだよね」

「多分そういうことになるわね」

「それって、美和さんは構わないのかな、って思って……」

自分は美和にとっては、もちろん単なる道具なのだろう。幸樹に中出ししてもらったから城南大バレー部が勝てたというのは、美和の冗談か思い込みであるとは思うけれども、昨晩は、幸樹を愛しているようなことも口走っていた。

「構わないって。もちろん二人が拒否したらそれまでよね。絶対拒否しないとは思うけど」

「そういう問題じゃなくて、美和さんは僕のことを愛していないのかな、と思ってしまうんです」

するとと美和は幸樹をハグしてきた。

「もちろん、幸樹くんのことは大好きよ。あたしだけのものにしたい。でもね。幸樹くんの精の持つ力にも興味があるの。愛美、あたし、そして、志穂と真帆までが勝てるようになったら、絶対何かあるよね……。もちろんそれは公表できることではないかもしれない。けれども、自分の周囲で上手くいっていない選手たちが幸樹くんに抱かれることで上手くいくようになるんだったら、そういう鬱々(うつうつ)としている選手に元気になれるように、お手伝いもしてあげたいの……」

そう言うと、美和は幸樹の唇を啄んできた。

要するに彼女は、実力はあるけれども、力を出し切れない選手を立ち直らせるきっかけを作るためなら、思い入れのある幸樹が選手とエッチするぐらい、何でもないことらしい。

そうならば、自分も美和に協力すべきなのだろう。

とはいえ、自分も美和と一緒に下に行って、志穂や真帆と話をする気にはなれなかった。

「美和さんが、志穂さんや真帆さんを誘って、ここまで連れてくれるんだよね」

「いいわ。あたしひとりで説得する」

「いや、説得しなくていいよ。ちゃんと説明して、納得したら連れてきて。僕はその間、ここで何か美味しいものでも用意しておくから……」

「分かったわ」

美和は幸樹にチュッとキスをすると下に降りていった。

正直なところ、志穂と真帆の姉妹は愛美や美和とは違うタイプの美人だから、興味はある。

背丈（せたけ）はどちらも中肉中背であるが、姉は顔立ちが和風の瓜実顔（うりざねがお）で、髪の毛は肩より長く伸ばしている。一方妹は目鼻立ちがくっきりしていて小顔、髪の毛はショートカットだ。

真帆とは四方山(よもやま)話をする中で、彼氏のことを聞いたことがある。

「もちろん、いたことはありますよ。今はバドミントンが恋人だけど……」

というのが答えだった。

だから処女ではないだろうが、勝つためにとはいえ、自分とセックスするという選択をするとは思えなかった。

(連れて来られなかったら、それはそれでいいよな……)

幸樹はそう思うと吹っ切れた。

幸樹は気を取り直して料理を準備し、オードブル類とパスタを用意した。スパゲッティは茹(ゆ)でて、ナポリタンにする。佐久間屋のオリジナルレシピで、人気が高いメニューだ。

幸樹は料理に熱中した。

誰かのための食事が出来上がっていくのを見るのは楽しい。

(やっぱり、俺って、コックなんだよな。コックは頼まれて料理を作って出すのが仕事。お客さんがお腹をいっぱいにして、幸せな気持ちになって貰えるのが一番の幸せだよな。それとおんなじなのかもしれないな……)

コーヒーを改めて淹れると、チャイムが鳴った。

まず美和が部屋に入ってきて、後ろにジャージ姿の志穂と真帆の姉妹が続いている。

美和が説得して、二人は納得したらしい。

幸樹は気持ちを切り替えたつもりだが、いざとなるとやっぱり恥ずかしいという気持ちが強くなる。

「どうぞ」

素っ気なく言って、三人が部屋に入るのを先導した。

美和は普段と変わりないが、志穂と真帆の姉妹はさすがに表情が硬い。俯き加減で席に着く。

幸樹は、三人がテーブルに着いたところで、出来立ての料理を並べる。

「お腹、空いているんでしょ。とりあえず食べたら……」

美和が勧める。

「お店じゃないところで、マスターの料理を食べられるなんて、何か不思議な気分ね」

真帆は覚悟を決めているようで、山盛りになった大皿から自身の分を取り分けた。

一方、志穂は椅子には腰を下ろしたものの、下を向いて、もじもじしている。

幸樹は吹っ切ったつもりだったが、三美女が食事をしている中に、入っていく勇気はない。三人にサービスすると、厨房に引っ込んだ。

途切れ途切れではあるが、三人の会話が聞こえる。

大学の話やファッションの話。普通の若い女性の話で、これからの話はもう下で済ませたということなのか。

これから自分がしなければいけないことが、なんとなく夢物語のように思えてしまう。

「マスター、コーヒーをお願い」

十五分ほどたつと、美和から声が掛かった。

淹れておいたコーヒーを温めておいたカップに注ぎ、持っていく。

「えっ、志穂さんに、真帆さん……」

幸樹は驚いた。いつの間にか二人はジャージを脱いで、ショートパンツとポロシャツという、バドミントンの試合スタイルになっていたのだ。

「マスター、こういう選手姿好きでしょう。特にバドミントンは、この格好が可愛いものね」

美和が悪戯（いたずら）っぽく笑い、コーヒーを並べて逃げ出そうとした幸樹を見透かすように、声をかけた。

「マスターも一緒に頂きましょうよ」

立ち上がった美和は、強引に幸樹を椅子に腰を下ろさせる。

それから彼女は、今までとうって変わって、事務的なトーンで口を開いた。

「愛美とあたしが、マスターとセックスしてどういうことが起きたかは説明したわ。二人ともその上で、マスターとエッチして、自分が勝者になれるかどうかの実験台になることを了解したのよ」

「ほ、本当に、それでいいんですね」

幸樹は念を押すように声をかけた。

きっとした眼で幸樹を見つめた志穂がゆっくり口を開く。

「美和さんのおっしゃっていることは本当なんですね」

「いやあ……」

「幸樹くん、本当のことを説明してあげなさい」

美和に促されたので、幸樹が言った。

「愛美が僕の彼女で、彼女が僕とエッチするようになってから勝てるようになったのは、本当です」

「幸樹くんとエッチした翌日の試合は、負け知らずなのよね」

「はい、まあ。でも、それは彼女に実力が付いてきただけかもしれないから……」

「ところでネットで調べてみたのよ」

幸樹に被せるようにして、美和が自分のバッグからタブレットを出した。海外のスポーツサイトを開く。

「愛美は今、海外遠征中だけど、その間の彼女の成績を調べてみたの」

今回の遠征は、まずアメリカに飛び、ロサンゼルスで日米対抗学生選手権に出場し、その後はデンバーの近くで高地トレーニングの合宿。終了後、シカゴでのマイナーな国際試合に出場するというものだ。

「ほら、見てごらんなさい。ロスでは、彼女は圧倒的とは言えないにしても優勝している。でもね、シカゴでは、決勝には出場できたけど、その中では五位よ。メダルに手が届いていない。愛美がこんな成績を取ったの、ここしばらくなかったでしょ」

美和にデータを見せられた幸樹は驚いた。愛美の競技での成績は、幸樹とセックスするようになってからしばらくはウォッチしていたが、毎回優勝するので、よほど大きな大会でもない限り気にかけていなかった。

ロスの大会はそれなりに権威のある大会だが、シカゴの大会は、国際試合と言っても米国内の選手がほとんどで、外国人は招待選手だけ、というものだ。愛美も招待されたから出場したが、試合の格からすれば、日米学生選手権の方が断然上のはずだ。

「愛美も人間だから、不調なこともあるよ」

幸樹は力なく言った。

「記録もね、ロスの時よりも十秒近く遅いのよ」

美和は追い討ちをかける。

確かにこれでは、自分とのセックスの神通力が切れたものであることとの影響であることを、否定できない。

「あたし、信じます」

困惑している幸樹の顔を見ながら、真帆が立ち上がった。瞳の中に負けん気の強い真帆らしい輝きが見て取れる。

「それに、あたし、マスターのことタイプだし……」

そう言うなり、ユニフォームを脱ぎだした。

「ちょ、ちょっと、真帆ちゃん」

積極的な真帆の行動に、幸樹は驚いている。それは姉の志穂も一緒で、「真帆」と一言、言ったきりで、固まっている。

美和は落ち着いたものだ。

「真帆、それでいいのよ。そうやって、裸になって、どんどん幸樹くんを誘惑してやんなさい」

「お任せください、美和先生」

ニコッと笑った真帆は、シャツを脱ぎ捨てて、ブラジャーとショートパンツ姿になった。

贅肉(ぜいにく)の全くない、アスリートらしい見事なプロポーションが露(あら)わになる。

「幸樹くん、こういう格好、好きでしょう……。さあ、みんな、幸樹くんをもっと誘惑するためにベッドに移動よ」

美和が寝室のドアを開けると、真帆は直(す)ぐに入っていき、声を上げた。

「わあ、凄い、ダブルベッドじゃん。美和先生もここでしたの？」

「アハハハハ、したわ」

「ちょっと、美和さん、真帆。いくら何でも……」

姉の志穂が、あまりにもあけすけな妹をたしなめる。

「いいじゃん、どうせ、あたしたちも今から幸樹くんとするんだから……」

真帆は小悪魔的笑みを浮かべ、あっけらかんと言った。

「真帆、幸樹くんを脱がせてあげて……」

「はい」

真帆は、幸樹の手を引いて寝室に再度入ると、びっくりした表情で自分を見つめている幸樹のシャツのボタンを外し始めた。

しかし、志穂はなかなか動こうとしない。

美和が説得するように言った。

「志穂、妹があそこまで頑張っているのよ。あなたもさっさと裸になって、手伝うのよ。さっきは覚悟を決めた、って言っていたじゃない……」

「それはそうですけど……」

衆人環視の中で裸になるのが恥ずかしいのは、幸樹にもよく分かる。かく言う幸樹も、真帆の積極的な行動に、寝室には入ったものの、自分からは何もできずにいる。ただ真帆にされるがままだ。

ハイテンションになった真帆は、シャツを剝ぎ取って幸樹の上半身を裸にすると、ズボンのベルトに手を掛ける。

「立ってあげてよ」

美和の指示に慌ててしたがう幸樹。それを見計らったように、真帆は一気にズボンを引き下ろした。

「真帆も、早くブラジャーを外しなさい。幸樹くんっておっぱい星人だから、おっぱい見せないと、なかなか本気になってくれないわよ」

「はい、美和先生」

真帆はブラジャーを外すのにも全く躊躇がない。素早く背中に手を回してホックを外すと、あっという間に肩脱ぎする。そこから焦らすようにカップをずらし、腕で乳首を隠しながらブラジャーを放り投げた。白いきめ細やかな美乳が露わになる。

「うふふ、真帆は分かっているわね。もったいぶる方が男は興奮するからね。でもどうせすぐにおっぱい吸われたりするんだから、乳首をしっかり見せてあげるのよ。幸樹くんも見たいでしょ」

そっぽを向いて答えないでいようとも思ったが、それはできなかった。自覚する前に、首を縦に大きく振っている自分がいた。

「マスターって、むっつりだっていうことは想像していたけど、本当はむっつりどころか、どスケベだったんだ」

ちょっと小馬鹿にするように言った真帆は、それ以上は焦らすこともなく、腕をゆっくり外してくれた。白いきめ細かな肌がだんだん盛り上がり、頂点がピンクに光る若々しい大学院生の乳房が露わになった。

「滅茶綺麗なおっぱいだわ……。幸樹くんもそう思うでしょ」

美和が称賛する。

「ほんとうに綺麗です……」

幸樹がぼうっと見ていると、美和が、幸樹が訊きたいことを質問してくれる。

「幸樹くんにスリーサイズと、バストのカップを教えてあげて……」

「エーッ、言うんですか。教えたら、マスター、ますます興奮しそう……」

「そうよ。興奮させるために教えるの」

「えっと、上から八十七、六十二、八十七で、Dカップだよ」

「素晴らしいプロポーションだわ。ほら、真帆のおっぱいを見て、スリーサイズ訊いたら、ここがこんなにもっこりしちゃったよ」

美和が幸樹のトランクスを張って、大きさを強調する。

「ちょっと、美和さん、真帆……」

見るに見かねたのか、志穂も寝室に入り、真帆の肩に手を置いて、たしなめるように言ったが、

「ダメよ。志穂。あんただって幸樹くんに抱かれるためにこの部屋に来たんでしょ。

自分で踏ん切りがつかないことを強制はしないけど、せっかく真帆が一所懸命にやっていることに水は差さないで」

と、美和に厳しく制止され、志穂はそっぽを向いてしまう。

「さあ、真帆、あんたが脱がせて、おち×ちんを確認するの。自分の中に入るものが、どんなものか、しっかり見てあげて」

「はい、美和先生」

真帆は嬉々としてトランクスに手を掛ける。

「マスターのおち×ちん、結構大きいんですね。トランクスを下ろそうとすると引っ掛かっちゃいますよ」

真帆は、幸樹の逸物に興味津々であることを隠さない。

「そうなのよ。結構女殺しなの」

「美和先生も殺されちゃった？」

「うふふ、まあね……」

「あたしも殺されちゃうかな」

「きっと、もう病みつきになるわよ」

「ちょっと、美和さん、真帆、何ていうはしたない会話をしているんですか……」

いたたまれなくなったのか、志穂が声を荒げる。

「でも、お姉ちゃんが興味ないならそれでもいいわよ。あたしだけで、たっぷり堪能しちゃうから」

志穂は怒りを言葉に含ませたが、立ち上がって、寝室から出て行こうとはしない。彼女もアスリートとして、やはり勝ちたいのだろう。

「さあ、それじゃあ、すっかり脱いでもらいますね」

「ああ、頼むよ……」

何も言わないのも変だと思った幸樹は、戸惑いながらも了解の言葉を発する。それと同時に、トランクスは真帆の手によって引き下ろされ、半勃ちの逸物が露わになった。

「何これ、こんなに大きいんだ！」

テントを張っている状態でも大きいことは分かっていたはずだが、すっかりオープンになって、真帆はその大きさに驚いたらしい。

眼を背けていたはずの志穂も、ちらりと見てその大きさに驚いたらしい。表情が急に変わった。

「触ってあげて」

美和の言葉に従うように、真帆の細長い指が、ラケットのグリップの代わりに、男のシャフトに絡ませてくる。

「熱いわ」

「ちょっとしこしこしてあげると、直ぐピンピンに硬くなるわよ」

「そうなんですね」

真帆は、興味津々の様子で、ゆっくり手指を上下に動かし始める。

「あっ、本当だ。もうこんなに硬く、太くなり始めている」

「どうお、幸樹くん、気持ちいい？」

「は、はい、気持ちいいですぅ」

美和の質問に、そう答えながら、幸樹はベッドに腰を下ろす。真帆も隣に座って前かがみになり、肉棒への愛撫に余念がない。

「ますます立派になってくる……」

真帆が吐息をついた。

「そうでしょ。こんな立派なもの、入れられるだけで女は幸せなのに、更に勝負に勝たせてくれるんだからね。ほんとうに神様みたいな持ち物よ」

「でも、美和先生、いいんですか。美和先生とマスター、付き合っているんでしょ」

「そういうわけでもないんだけどね。でも、これだけの持ち物だからね、自分だけで独占したいところだけど、志穂と真帆は私の大事な妹分だからね。勝って欲しいのよ。だから、勝てるように大事に使って欲しいの」

「うふふふ、大切に使わせてもらいますわ」

気取ったように言った真帆は、手指の動きを加速させる。

「ああっ、もう、こんなにゴツゴツになっているよ。お姉ちゃん、一緒に扱いてあげようよ……」

「ちょ、ちょっと、ま、真帆ったら、はしたない……」

志穂は真っ赤になって俯いた。

美和はそんな美穂に対して、伝法に言った。

「志穂、あんただって処女じゃないでしょ。そんなカマトトぶってばっかりいないで、少しは妹を見習いなさい」

そう言うなり志穂の手を摑まえると、強引に引っ張る。志穂はそれに抗うことはせず、妹の隣で跪(ひざまず)くと、肉棒を扱いている真帆の手に自分の手を重ねた。

「お姉ちゃん、直接触ってごらんよ。ほんとうに大きいし、ドクンドクン言っているの……。こんなに凄いとは思っていなかった……」

真帆は自分の手をずらして、姉に直接触らせる。

志穂は、肉棒から眼をそらしてはいるが、握りしめた掌を外そうとはしなかった。

「志穂、ゆっくり扱いて、自分の掌にこの凄さを感じさせてご覧なさい」

「ね、お姉ちゃん、一緒に扱いてあげようよ」

美和と真帆の言葉に被せるように、幸樹も言った。

「志穂さん、遠慮しないで扱いてもらえますか。僕も志穂さんにしっかり扱かれてみたいです」

志穂は険しい顔を崩さなかったが、ゆっくりと指筒を上下に動かし始める。

「そうよ、それでいいの。凄いでしょ、幸樹くんのおち×ちん……」

美和が誇らしげに言う。

「さあ、おち×ちんに唾を垂らして、滑りをよくしてあげなさい」

眼を瞑って、手を上下に動かしていた志穂は、その言葉にすぐ反応しなかった。

「お姉ちゃんは、唾を出すのが嫌みたいね。真帆、あんたが出してあげて……」

「はい、美和先生」

嬉々として返事をした真帆は、自分の口に溜めていた唾液を垂らそうとする。

「ダメよ。真帆、あたしがする」

妹に先に越されるわけにはいかないと思ったのか、志穂は遂に自分から動いた。

口の中の唾液をツーッと亀頭に垂らしていく。

「それを伸ばして、滑らかにするの」

美和の説明に小さく頷いた二十六歳は、自分の唾液を肉棒になじませるように塗り込んでいく。

ユニフォームをきっちり着た姉と、ショートパンツ姿で上半身は裸の妹の二人に奉仕されると、それだけで幸樹の興奮は頂点に達する。

「幸樹くんたら、バドミントンのユニフォームにこんなに感じちゃって……」

二人の間から手を伸ばした美和が、幸樹のペニスを指で弾いた。

「あああっ、美和さん……」

苦しげにつぶやく幸樹。

「そろそろ、志穂も脱いでも平気よね」

頷く志穂を見て、美和は幸樹に言った。

「さあ、幸樹くん、志穂が脱がせてほしいって……」

「いいんですね、志穂さん……」

志穂が恥ずかしげに頷くのを確認した幸樹は、すぐさま、ユニフォームのトップスに手を掛ける。

志穂はもう全く抗わない。むしろ協力的だ。志穂は脱がされるために両手を伸ばした。ユニフォームのポロシャツは志穂の身体からすぐに離れた。

志穂は一瞬肉棒から手を離したが、トップスが自分の身体から離れた途端にすぐさま肉棒を握りしめ、手筒運動に余念がない。

「ああっ、志穂さん、気持ちいいです……」

幸樹は、志穂のしなやかな手指の動きに感動して声を上げる。

ベッドの上に座り込んで、手持無沙汰にしていた真帆が、幸樹の首にしがみついて、自分の方を向かせた。

「マスター、キスしよう」

真帆はそう言うなり、自分の唇で幸樹の唇を塞（ふさ）ぐ。

彼女の舌は大胆にも、幸樹の唇を割り開き、中に侵入する。

「そう、そうやって、二人で協力して幸樹くんをメロメロにするのよ」

「はい」

ようやく志穂の表情も和（やわ）らいだ。

「志穂もおっぱいを幸樹くんに見せてあげるのよ」

そう言いながら、美和は志穂のブラジャーのホックを外しにいく。

まろび出た志穂の乳房が、ちらりと見える。真帆のそれによく似た美乳だ。

姉妹の美しいトップレス姿に、幸樹の心臓はますますドキドキしてくる。

美姉妹の共同行為はますます熱を帯びる。逸物をねっとりと扱く姉、口の中を弄る妹。

「ペチャ、ペチャ」

「シュッ、シュッ」

一瞬誰もが口を閉じ、聞こえてくるのは、二人が積極的に動く愛撫の音だけになる。

二人がかりの愛撫は巧みすぎた。

キスとお擦りの快楽に、意識が飛びそうになる。一人だけの愛撫であれば、熟女で経験豊富な美和の愛撫にかなわないだろうが、二人がかりで攻められると、気持ち良さが掛け算になるのだ。

さっきまでの美和との交接も、幸樹の身体にまだ染み付いていたが、新たな刺激を若い肉体は貪欲に吸収し、興奮はマックスに近づいていく。

姉妹のコンビネーションはなかなか良かった。示し合わせている様子はなかったが、舌同士を絡める快楽が下半身に伝わり、それを姉の手捌き(てさば)でさらに増幅させ、幸樹の舌に戻す。

幸樹はそれを真帆に返すことによって、お互いのコンビネーションがどんどん嵌っていく感じだった。

「そろそろ交替してあげて……」

美和の言葉に位置を変える姉妹。

ベッドに上がった姉の志穂が、積極的に幸樹に密着する。妹より肉厚の唇が艶やかに光る。

「あたしともキスしてくださいね」

むき出しの乳房を押し付けるように抱きついてくる。すぐさま、柔らかな紅色の唇が、幸樹の唇に被さる。

志穂はもう全く逡巡していなかった。自分の舌を幸樹の唇をねじ開けるようにして差し込んできた。

志穂は真帆とは見た目の雰囲気は相当違うが、キスの感じは似ているかもしれない。積極的なキスの攻勢は、姉と妹の違いを忘れそうだ。

「ああっ、マスターのキス、素敵です」

「志穂さんがこんな積極的な人だったなんて……」

幸樹と志穂は二人の世界に入り始めている。

姉に代わって、肉茎を手でもてあそんでいた真帆は、そんな二人に眼を光らせる。

「二人だけで、気持ちよくならないでよね。もう、あたしも遠慮しない……」

真帆は、今まで姉妹のリレーの手捌きで硬さをしっかり保った亀頭に、紅唇を近づけていく。大きく開いた口の中に、図太い逸物が飲み込まれた。

(ああっ、真帆さんのおしゃぶりだ……)

幸樹の神経は、口唇愛撫の始まったペニスに集中する。しかし、熱心なキスで自分たちの世界を構築した志穂は、幸樹が唇を離すのを許さない。

(ああっ、どうしたらいいんだろう)

柔らかな舌が、自分の口の中とペニスの上を行き来する。どちらも気持ち良すぎて、気を失いそうな気分になる。

自分も二人に何かしなければいけないだろう。

そう思った幸樹は、右手で熱心にフェラチオを始めている真帆の頭を撫で始め、左手はすっきりした志穂のウエストを抱きしめる。

志穂は自分の形のいい乳房を幸樹の胸に擦りつけながら、ますます熱心にキスに勤(いそ)しむ。

そんな姉の様子を見た真帆は黙っていられなくなったようだ。

「何よ、お姉ちゃんたら。さっきまではマスターとエッチするのを嫌がっていたくせにぃ……」

そう言うなり、舌の動きを激しくしている。最初は、舌先でカリの部分を可愛らしくチロチロと刺激しているだけだったが、姉に負けられないと思うのか、攻撃が激しくなる。

肉棒を口中に大きく送り込み、しっかり頭を動かして、上下に強く刺激を与えていく。

キスとフェラチオのダブル攻勢で、幸樹はロープ際まで追いつめられている。

それだけではない。幸樹の胸に当たる、志穂の硬くしこった乳首の感覚が気持ちいい。

（ああっ、こんなにされて……。俺、そんなにいい子じゃなかったのに……）

信じられないご褒美だ。

キスの感触、乳首の擦れる感触、それに舌先と口内粘膜で擦られる亀頭の感覚。

さすがにダブルスペアの姉妹だ。セックスのプレイでも、いつの間にかお互いのコンビネーションが整っている。

三位一体のエロティックな攻勢は、幸樹を天国にいざなう。

あまりの気持ち良さに時間の経過を忘れてしまいそうだ。

長時間フェラチオを続けていた真帆が、ようやく肉茎から唇を外す。逸物が真帆の唾液でてらてらに輝いている。

「お姉ちゃん、そろそろ、前衛、後衛を交替しよう」

「うん。そうだね」

志穂は頷くと、床に跪き、真帆の唾で濡れ濡れの逸物を口に含んだ。

一方の真帆は立ち上がると、姉にも負けず劣らない美乳を幸樹の顔に密着させてくる。

真帆の甘い体臭が、乳房の間の谷間から立ち上ってくる。それは、男を誘惑する媚薬のようなフェロモンに他ならない。

幸樹はますます興奮する。

「ああっ、窒息しそう……」

「窒息しないように、おっぱいをおしゃぶりして……」

「いやらしくおしゃぶりするのと、優しくおしゃぶりするのと、どっちがいいですか？」

そう言い終わるか終わらないかのうちに、幸樹は硬くしこった妹の乳首を口に含む。

「そんなこと、女性に尋ねることじゃないわよ。幸樹くんが、真帆や志穂が気持ちよくなるように考えてするのよ」

様子を見守っている美和が、無粋な若者をたしなめるように言う。

「はい、美和さん……」

幸樹は真帆の乳房を吸い上げる前に、もう片方の乳房にも手をあてがい、力を込める。唇を触れさせた乳首にはまだ力を入れていない。

「ああっ」

この声はきっと手の感触への反応に違いない。

「マスターのさわり方、いやらしい……」

年下の男をからかうような、大学院生の声。

「エッチなことは、いやらしくてなんぼ、でしょう」

幸樹は裾野から頂まで、右乳首を甘噛みしながら、左乳房を絞り上げていく。

「あうんっ」

アスリート大学院生のDカップ乳房は、柔らかさよりも生硬さが勝っているように思えた。しかし、少しでも指に力を食い込ませれば、弾力感に弾かれながらも、もちもちとした感触が指を包み込んでくれる。

いつまでも揉んでいたくなるような乳房だ。

(美和さんの巨乳もいいけど、真帆さんのこの感じも捨てがたいね)

淫らな愉悦に浸りつつ、大学院生の美乳を「チューッ」と吸い上げる。

「ああっ、それっ、いいっ」

アスリートの甲高い快美の声に、幸樹はますます興奮する。

歯を立てると、さっきまでは小指の先ほどしかなかった乳首が、くっきり屹立していて、その存在感を強く主張している。

自分の愛撫で興奮してくれているのが嬉しい。

幸樹はますます、真帆の乳房に夢中になっていく。

左右の愛撫の仕方を交代させる。今度は右乳房を手で揉みしだき、左乳房を舌と歯を駆使して愛撫する。

たちまち左の乳首も幸樹の舌と歯噛みの気持ち良さに興奮して、更に膨らみは硬くなった。

志穂にフェラチオされながら、敏感な真帆の乳房を愛撫することに、幸樹は最高の悦びを感じている。

（ああっ、何て凄いんだ！）

しかし幸樹は、乳房にだけ集中している訳にはいかなかった。志穂のペニスへのサービスもだんだん熱がこもってきたのだ。

志穂のフェラチオは、最初は肉棒全体を大きく口に含み、肉竿を舌で確認してから細かく形を舌に覚え込ませているようだ。

その感触は幸樹にとって悪いものではなかったものの、まだ特別気持ちの良いものではなくて、まだ真帆にだけ気持ちを向かわせることが可能だった。

しかし、一通り形を確認し終わると、志穂は二十六歳の経験豊富な技を繰り出し始める。

舌先でカリの部分を横に掃き、続いて裏筋に到達すると、そこをレロレロといやらしく刺激する。

「ああっ、そこッ」

妹の乳首を口に含んだまま、幸樹は快楽のうめき声を出す。

「ああっ、いい声だわ……」

志穂は幸樹の声に触発されるように、どんどん激しく肉棒を刺激してくる。

幸樹は真帆への愛撫を続けようとするが、下半身の気持ち良さに意識がいってしまい、真帆に気持ちを集中できなくなってしまう。

それでも必死に真帆の乳房へ気持ちを向かわせる。

「あっ、それ、いいのぉ、マスター、上手なのぉ……」

真帆の甘泣きが、幸樹の気持ちを奮い立たせる。

もっときつく攻めて、真帆を啼泣させてやりたいと強く思った。

「ま、真帆さん、もっとおっぱいを、き、きつく……、ああっ」

より激しい乳房吸引の許可を取ろうと思ったが、志穂の技巧の巧みさに、言葉が続かなかった。下半身が急激に膨張している。

遂に、真帆の乳房から口を外さずにはいられなくなった。

「ああっ、志穂さあん……」

「どうお、おち×ちんの具合は……」

「ああっ、気持ち良すぎて……、僕ももっと、真帆さんを可愛がらなければいけないのに……」

「そんなこと、もう気にしなくていいわよ。あたしのサービスで、もっと気持ちよくなってね……」

「あっ、お姉ちゃん、ずるい」

さっきまでのお淑やかな志穂の姿は、彼女の本質ではなかったのだろうか？

今や彼女は、妹と一緒に一人の男を愛することに異常な興奮を見せていた。

いや、この淫蕩な姿が彼女の本質なのかもしれない。

それならそれで、自分ももっと積極的に志穂にも接するだけだ。

美和が真帆に言った。

「さあ、二人で協力して、幸樹くんのおち×ちんにご奉仕するのよ」

美和は、監督が選手に檄を飛ばすように言った。

幸樹はベッドに仰向けに横たわる。

その両サイドに志穂と真帆の姉妹が位置取りした。

二人で左右から肉茎に手をあてがい、指と指とを絡ませた。二人の唾液ですっかりふやけた逸物を一緒に擦り上げる。

「幸樹くん、どうなの、気分は？」

覗き込んでいる美和が尋ねた。

「やっぱ、最高ですよ。こんな美人姉妹に手コキされたり、フェラされたりしているんですから」

「じゃあ、そろそろ、幸樹くんが二人にやってほしいことを命令したらいいよ。二人は必ず共同作業でやってのけるから」

「ほんとうにいいんですか？」

「いいわよね。二人とも、幸樹くんの命令に従うでしょ」

二人は大きく頷いて言った。

「もちろんですよ。その代わり、勝てるようにしてください」

「いや、それは全然自信ないけど……」

「大丈夫。志穂も真帆も、幸樹くんの命令に従えば、絶対に勝てるようになるから……」

幸樹の弱腰な言葉に被せるように、美和が力強く言った。

「じゃあ、幸樹くん、最初はどうして欲しい？」

美和が導いてくれるので、幸樹は正直なところ、ほっとしている。美和を通してなら、素直な気持ちを発言できる。

「じゃあ、まずは、二人ともパンツも脱いで、オールヌードになって欲しいです」

「そうだよね。あたしも不自然だと思っていた。幸樹くんは、二人を脱がせたい？それとも自分自身で脱いでもらいたい？」

「自分自身で脱いでほしいです……」

それを聞いた美和は二人に命じた。

「ほら、幸樹さまのご命令だよ。二人ともさっさとパンツを脱ぐのよ」

二人は競争するように、ショートパンツを脱ぎ、ショーツ姿になる。そのショーツのゴムに先に手を掛けたのは志穂だ。直ぐに脱ぎ始める。それを見た真帆も慌てたようにショーツを脱ぎ捨てた。

その瞬間、アスリートは完全に女に変わっていた。二人はベッドに正座する。

「それじゃあ、二人で僕をフェラチオで気持ちよくさせてくれるかい？」

二人が頷いた。

「それでは、志穂さんはシャフトの方を、真帆さんはタマタマをおしゃぶりして、一緒に僕のことを気持ちよくしてよ」

幸樹の希望に従うべく、まず、真帆が睾丸に舌を這わせる。皺を舌先で伸ばすようにしてチロチロと舐めている。

それを確認した志穂が、肉茎をフルートを吹くように横咥えし、舌を左右に振るった。

「ああっ、凄いっ！　気持ちいいよぉ……」

ダブルでしゃぶられる心地よさに幸樹は悶絶する。あまりの素晴らしさに腰が浮き上がり、震えずにはいられない。

「二人とも、もっとしてあげていいわよ。二人の共同作業で、お口だけで精液を絞り出すの。さあ、頑張りなさい」

美和の言葉に二人はますます念入りに舌を動かした。

「ああっ、そんなにされたら、本当に精液出ちゃうよっ」

「二人ともお口にどぴゅっと出されたり、お顔にかけられたりしても平気よね」

「大丈夫です」

志穂が答える。

その後は本気で吸い上げるべく、激しいバキュームになる。志穂の厳しい吸い上げと真帆の唾液たっぷりの睾丸舐めは直ぐに交代し、今度は真帆が喉奥までシャフトの先端を吸い込むようなディープスロートを行った。

「ああっ、真帆さん、志穂さん、ほ、本当に出ちゃいますよぉ……。ああっ、凄すぎるぅ」

「マスター、気にしないで出してくださいね。あたしでも、真帆の顔でもドピュってかけて大丈夫だから」

睾丸から舌を外した志穂が優しく言う。

肉茎は、真帆の口の中でこれでもかというほど膨れ上がっている。それでも真帆は大胆な口ピストンを止めない。

「志穂さんも同じようにして……」

「エーッ、もう交替するんですか……」

幸樹の言葉に、真帆は残念がっていたが、姉が顔を寄せてきたのを見て、諦めて姉に譲る。

妹のダイナミックな口唇奉仕に触発されていた志穂も、鋼鉄のようなシャフトを口に含むと、舌をしっかり絡ませ、頭を思いきり振り立てる。

「ああっ、本当に気持ちがいいよ。あっ、こ、こんなにされるなんて」

姉妹と同時にエッチをしているという3Pの興奮が、いつも以上に怒張を張りつめさせている。

幸樹は間違いなく限界だった。

「二人並んで顔を揃えて！」

必死で声をかけた。

二人は直ぐにお互いの頭をくっつけて、並んで横たわる。

何の逡巡もない、ぴったりしたタイミングだった。二人の息は合っている。

その嬉しい気持ちを心に抱きながら、幸樹は二人の美顔に焦点を合わせた。シャフトをしっかり固定し、我慢していたコックを緩める。

尿管を元気な白濁液が通り過ぎていく。

「出るよ！」

その言葉と同時に、亀頭の先端から白礫が宙に舞い、二人の顔が密着している頬の部分に見事に命中した。

幸樹は最後は焦っていて、実は狙いが定まらなかったから、一番いいところに命中したのは驚きだ。最初の命中の後、まだ出続ける精液を、幸樹は二人の乳房に均等にかける。二人の乳首が、白い液で濡れるのが艶めかしかった。

「ハッ、ハッ、ハッ」

幸樹は息を荒げている。

それを尻目に、美和は二人に命じる。

「そんな、気持ち良さそうな顔をしているんじゃないの。幸樹くんが出してくれた精液は、あんたたちの身体の中に入れなきゃ意味ないんだから、出して貰った分、全部舐め取るのよ」

その言葉に、二人は自分の頬に指を廻して、粘着している白濁液を掬い取る。

アンニュイな表情で、その指を口に運んだ。

「どう？　幸樹くんの精液、美味しいでしょ」

「はい、美味しいです」

二人は異口同音に言い、指で掬える部分は全部舐めとった。

「残った部分は、お互いが舐めてあげるのよ」

志穂が先に体を起こし、真帆の上に覆いかぶさる。

「真帆、あたしが先に舐めるわ」

そう言うなり、妹の顔に舌を伸ばす。

「ピチャピチャ」

舐め取る音が艶めかしい。

顔をすっかり舐めると、次は乳房の周辺だ。

姉は妹の乳房に舌を這わせ、最後に乳首をチュッと吸い上げた。

「あああっ、それっ、気持ちいい」

女同士の方がずっと性感帯を分かっているということなのだろう。軽いキスだったのに、真帆は、幸樹にしゃぶられた時よりも甲高い声を上げる。

二人の仲の良い姿を見ると、幸樹はまた興奮してきた。

二人はそんな幸樹に気づかず、今度はお返しと言わんばかりに妹が姉の顔や乳房に飛び散った白濁液を舐めとった。

美和は隣のリビングから冷たい飲み物を持ってきて、三人に手渡してくれた。

確かにのどがカラカラだった。三人はごくごくと飲んで喉を潤した。

「なんか、姉妹でとっても息が合っていたよ。さすがにダブルスのチームだね」

美和が二人を褒める。

「確かに、マスターが間に入ると、凄く二人の間が上手くいっているような気がするわね」

「そうね」

二人は顔を見合わせて頷きあう。

「でもね、幸樹くんはまだ二人とエッチしたいみたいよ」

美和の視線の先を二人も覗き込む。確かにさっき大量の白濁液を放出したはずの逸物は、やや落ち着いてはいるものの、十分戦闘態勢にあった。

それを見た真帆が言った。

「あたしも最後までして欲しい」

「いいのかい」

幸樹も望むところだ。

「だって、精液を顔にかけられて、それを舐めただけで、あたし、バドミントンが上手くいきそうな気がしてきたの。だから、しっかりセックスしてもらえたら、きっと勝てると思うの。お姉ちゃんもそう思うでしょ？」

「あたしも同感よ」

志穂も飲みながら答えた。

「じゃあこれから、僕が好きなように命令して、二人とエッチしていいのかな……？」

「是非、お願いします」

志穂が頭を下げる。それを見た真帆も、慌てて頭を下げた。

「それじゃ、今度は僕が二人を気持ちよくさせてあげる」

そう言って幸樹は、二人をベッドに並んで寝そべらせた。

「二人ともお股を開いて、オマ×コを見せてよ」

「えっ、並んでこんなことさせるんですか……？」

「うん、だって、二人一緒に、手マンとクンニでイカせなきゃいけないから……」

「エーッ、ちょっとそれは……」

志穂がさすがに逡巡した。

「別にしなくてもいいけど、僕の言うとおりにしないと、試合に勝てないかもしれないな……」

そう水を向けると、試合のことだけに弱いようで、姉妹はしぶしぶ頷く。

「いいわよ。何されても我慢する。その代わり、試合に勝てなかったら、マスターに責任取って貰いますからね」

「分かったよ……」

正直、自信はなかったけれど、こんなかわいい姉妹のヌードを目前にして、何もしないなんてありえない。

幸樹はドキドキしながら次の命令をした。

「二人とも自分の指でオマ×コを思いっきり広げて、僕に見せてください」

「ああっ、マスターがこんなに変態だったなんて、知らなかった」

真帆は甘えるようにそう言ったが、命令に逆らうことはなかった。

志穂も言われたように、自分の指でカパッと広げ、肉壺の中の生肉を顕わにする。

幸樹は二人の秘苑をじっくりと眺めると、二人の間に入って、同時に両手の中指を中に潜り込ませる。

「ああっ、マスターの指が……」

「ひぃんっ、そんなにされたら……」

二人の声が艶めかしく響く。

幸樹は両指を鉤型に丸めて前後に動かしてみる。中の肉襞が、幸樹の指にまとわりついてくる。

「あうっ、マスター、そこっ……」

「そ、そんなっ、あああん……」

二人とも熱い吐息を漏らしながら身悶えする。

その色っぽい声に、幸樹はますます興奮する。

二人の肉豆がいつの間にか、屹立している。

幸樹は中指を中で動かしながら、両隣の二本指で肉豆も擦りたてた。

「あうっ、ほ、本当に、そこーっ……」

「あああん、あっ、あっ、ダメっ、イッちゃうよぉ……」

二人が更に大きく腰を揺すり、激しく痙攣する。

(凄い愛液の量だ……)

淫唇の中から、止めどもなく悦楽の液が零れ落ちてくる。

さすがに姉妹だということなのだろう。外見はずいぶん違うのだが、同じように攻めると、同じように反応する。愛液をたっぷり出す濡れやすさもよく似ていた。

「ああっ、ま、マスター、指が……、上手なの……」

「ああっ、あああん、き、気持ち良すぎるぅ……」

二人は交互に悦楽の快感を訴える。

幸樹はいつの間にか、二人が同じような反応を示すように、攻めのきつさを変えていた。

今や幸樹の手だけで、二人は手を取り合って桃源郷へと導かれているのだ。

その様子を確認しながらも、幸樹は、志穂の蜜壺から指を抜き取る。一方、真帆の方はそのまま、指で性感帯を刺激し続けている。

志穂の秘所に顔を寄せていく。

(甘酸っぱくて、いい香りだ……)

胸いっぱいに吸い込むと、アスリートの汗と、性感を昂らせたフェロモンの香りのミックスが、男の劣情を刺激する。

淫唇に舌を伸ばし、ぺろりと舐める。

「マスター、ああっ、ダメっ」

二十六歳の美女アスリートがシーツをぎゅっと摑んで顔を横に振る。

幸樹は舌先を花弁の中に侵入させる。小刻みに動かしてやると、温かい粘液がとろとろと舌に落ちてくる。

それを味わいながらも、幸樹は真帆への指攻めも忘れない。

（クリトリスも舐めてやんなきゃな……）

姉は舌で、妹は指でクリトリスを愛撫する。最初は指弄りだ。

妹の小豆の表面を微かに擦ると、真帆は、身体を震わせながら、快美にむせんでいる。

その声を耳に入れつつ、幸樹は志穂のクリトリス舐めに集中する。

舌先で、小陰唇を探る。小さい突起をチロリと舐めあげた。

「ああんっ」

色っぽい喘ぎが、姉の口から零れる。幸樹は、舌先を小刻みに動かしながら、クリトリスと秘穴を交互に刺激していく。

「ああっ、そ、そんなぁ」

二十六歳美女の声が甲高く響く。

舌先が蜜壺を弄ると、蜜襞も舌先に当たって震え、更なる愛液が湧き出す。

蜜の味に酸味が混じってくる。とろりとした甘酸っぱさが心地よい。幸樹は夢中になって吸い上げた。

「ああっ、あああん、ああん、あん、あん、あ、あ、あ……」

「ああっ、あああん、ま、マスター」

断続的に二人の喘ぎ声が交錯する。妹アスリートは指攻めだけで、すっかり出来上がってしまい、身体をくねらせている。

(そろそろ、真帆さんもクンニしなきゃあな……)

幸樹は舌先だけで十分にイカせた姉の股間から、妹の股間に移動する。

もちろん姉に対しては、舌を外しても指先の刺激は忘れない。

舌先ですっかり柔らかくした蜜壷をかき回してやる。

「ああっ、マスターのお指が……」

志穂はあられもない声で啼いているなか、今度は妹の股間に舌を伸ばす。

「ああっ、マスターのエッチ……」

二十四歳美女が誘うように声を上げる。

顔を近づけると、姉よりも強い性臭が立ち上っている。

幸樹はその香りにうっとりしながら、唇を密着させて愛液を啜った。

「あひーっ、そ、そんなに強く……、吸い上げないで……」

「ダメですよ、真帆さん、お姉さんからもいっぱい頂いたんですから、あなたからも同じぐらいは飲ませて貰わないと……」

「ああっ、そうしないと勝てない？」

「そうよ。だから、幸樹くんのやりたいようにやってもらうの」

脇から様子をうかがっていた美和が声をかける。

その会話とは無関係に、幸樹は真帆の愛液をじゅるじゅる吸い上げる。その吸引力が中を刺激し、新たな愛液が湧き出してくる。

（こんなところも、姉妹でよく似ているな……）

美女姉妹二人は、ともに身体を赤くして、アクメの桃源郷をさまよっている。

（二人とも受けの感じがよく似ているな……）

美和は、二人の試合スタイルは防御型だと言っていた。相手のスマッシュをコンビネーションで拾いまくり、相手が焦れたところに一撃のスマッシュをお見舞いして得点にするというのが得意らしい。

セックスの受けの類似も、そこに関係しているらしい。

「ああっ、そろそろ……」

「そろそろ、どうしたの」

志穂が、指だけでは我慢できないという風情で、身悶えする。

「もう、お指や、舌だけじゃなくて……」

「どうしたらいいんだろう……？」

「ああん、わかっているくせに……。あ、あたしもう我慢できません。マスター、そろそろセックスしてください……」

「セックスって、さっきからずっとしているつもりだけど。もっとはっきり言ってくれないと分かんないなぁ」

欲求不満の美女を焦らすのも楽しい。

「ああん、わかっているくせにぃ……。あたしに、幸樹さんのおち×ちんを入れて、たっぷり気持ちよくさせてください……」

「真帆さんはどうなの……」

「あ、あたしも、お姉ちゃんと一緒ですぅ……」

「一緒じゃ分かんない。ちゃんと言ってくれなきゃ……」

「真帆のオマ×コに、マスターのおち×ちんを入れて、気持ちよくして……」

美姉妹二人をたっぷりクンニリングスした幸樹ももはや限界だった。

しばらく全然刺激していないのに、逸物はこれ以上ないというぐらい膨れ上がり、先端からは、我慢汁が滴り落ちている。

起き上がった幸樹は、斜め四十五度に屹立したペニスを、美和に見せつけた。

（ほんとうに、この二人に入れちゃいますよ、いいんですね……）

無言で問いかける。

美和ははっとした顔をしたが、すぐに目を伏せた。

美和も気持ちは高ぶっているのだろう。しかし、止める気はないらしい。

幸樹は二人とのクライマックスに集中する。

「じゃあ、入れるよ」

今までクンニをしていた妹アスリートに狙いを定める。

「ああっ、あたしからじゃないんですかっ？」

姉が悲痛な声で叫ぶ。

「志穂さんにも、すぐいきますよ」

そう言いながら、真帆の股間に切っ先の狙いを定める。

陰唇にガチガチに張りつめた勃起を擦りつけた。先走り液と藍液が混じりあって滴る。

「真帆さん、いきます……」

幸樹は真帆の腰をしっかり支え、腰を前に進めた。切っ先を割れ目にグイッとねじ込んでやると、すっかり濡れそぼった花弁が柔らかく開いて、男のシンボルを飲み込んでいく。

「ああっ、来ているぅ……、あああっ……」

アスリートの中がきついことは、愛美や美和で知っていたが、真帆も例外ではなかった。

一気に押し入ろうとしたが、狭い肉壺の圧迫を受ける。その圧迫をかわしながら、一番奥に達する。

(真帆さんの中、気持ち良すぎるよぉ……)

最深部に停まった肉棒にうねうねと淫襞が絡みつく。

真帆も唇を嚙みしめて、幸樹の大きい怒張の感触を感じている様子だ。大きな目を開けて、幸樹を見つめている。

「動くね」

真帆が頷くのを確認して、ゆっくりと腰を動かし始める。ゆっくり動けば、肉襞がたっぷりと邪魔をするように動くが、段々スピードを上げていくと、どんどん従順に滑るようになっていく。

「ああっ、いいっ、いいのぉ……」

真帆は、われを忘れたように、大きく声を張り上げ、自分の快感を伝える。

眼を横に移すと、志穂が羨ましそうな眼でこちらを見ていた。無意識のようだが、自分の指で、股間を弄っている。

（志穂さんも、本当に俺としたいんだ……）

そう思うと、志穂に入りたくて、矢も楯もたまらなくなった。亮平は、真帆から逸物をおもむろに引き抜く。

「ああっ、ここで止めるの……？」

「二人交替でしないと、コンビネーションが取れないからね」

幸樹は名残惜しそうな真帆に言い訳をしながら、妹の愛液まみれの怒張をすぐに姉の中に入れていく。

「ああっ、マスター、来てくれたのね」

「僕も志穂さんと結ばれて幸せです」

姉妹のせいか、ダブルスのコンビを組んでいるせいかは分からないが、狭い蜜壺の圧迫が妹によく似ている。

（志穂さんも凄いよっ。ぐいぐい締め付けてくる……）

妹の中で生じた射精感は、抜いたとき一瞬収まったが、蜜膣全体で男を締めあげる感触は、すぐさま、新たな射精感を呼び起こす。

それでも、必死に我慢しながら姉の中でもピストンを始める。

「ああっ、いいの、いいの、もっと、もっと……」

あられもない妹のよがり声に興奮していた姉は、妹以上に激しく声を上げる。

声だけでない。肉襞の愛撫具合も、妹以上に大胆な感じがする。

(ああっ、二人とも名器だよ。こんなにされたら……、ああっ、我慢できなくなる……)

幸樹は、二人をイカせてから自分も果てなければ、男の沽券にかかわると思っている。

それを達成するためには、一人に長くいるのはあまりにも危険だった。

名残惜しかったけれども、志穂から思い切って抜き去り、すぐに真帆に入りなおす。

「ああっ、待って、行かないで……」

「ああっ、真帆にまた来てくれた……」

(やっぱり、真帆さんの中も、凄い素敵だよ……)

奥まで入った肉刀を、ぎゅっと締め付けてくれる。

「僕のおチ×ポが入ると、勝てそうな気がしますか……？」

「あっ、う、うん、マスターが来ると、そんな気がするの……」

「本当ですか……？」

「もちろん、本当よ、エッチしていて、こんな気分になったことないもの……」

真帆がどんどん感じていた。

一番奥にいると、動かさなくても、真帆の肉襞が、次第にうねうねと締め付けてくる。そうされると、既にマックスに達している肉棒が、中で更に太くなる。

カウパー腺液が止めどもなく漏れ出している。

「ああっ、何か出ているぅ……」

精液と見誤ったか、真帆が感じたような声を上げた。

「ダメよ、マスター、姉のあたしが先でしょ……」

「ううん、お姉ちゃんじゃなくて、あたしに頂戴……」

「ちょ、ちょっと、喧嘩はしないでください。二人のコンビネーションが一番大切なんですから。僕が二人とも満足するようにしますから、任せてください」

全くそんな自信はなかったが、そう言ってまた志穂に入りなおす。

「ああっ、すごいの……。こんな、気持ちいいエッチ、初めてなの……」

志穂が歓喜にむせぶ。

(ほんとうにこんなことがあって、いいのかな。夢みたいだ……)

脇で、今まで３Ｐの様子を見守っていた美和も、腰のあたりをもじもじさせている。その眼が欲情に光っていた。

必死に我慢している様子が、幸樹の気持ちを更に昂らせる。

快美の波が、肉棒から脳天までダイレクトに伝わる。

肉棒を一番奥まで押し込み、ピストンを始める。最初はゆっくり、段々速めていくと、それに呼応するように膣粘膜がうねりを起こし、ペニスへの快感のレベルを上げる。

志穂は言葉だけではなく、膣肉までも明らかに幸樹を歓迎していた。

抜き差しの勢いが増す。何も考えられないくらい気持ちがいい。もういつでもイケる、と幸樹は思った。

幸樹以上に燃えていたのが志穂だった。

「ああっ、凄い、凄いの……ぉ、こんなにいいなんて……」

激しくよがり声を上げながら、身体を震わせる。

(志穂さん、もうイッてくれそうだよ……)

いつもの淑やかな志穂からは、こんなエッチな表情を見せることが信じられない。

しかし、志穂は明らかにセックスの毒に犯された牝だった。

（よおし、あと一息だ……）

幸樹は、こんな淑やかな美人をイカせられるかと思うと、反対に冷静になった。自分が爆発しないようにコントロールしながら、クライマックスに追い込む。

「あひぃん、ああっ、あああっ……、あん……」

突き込みが激しくなるにつれて、志穂のよがり声が一段と甲高くなる。

「ああっ、あっ、あっ、イ、イ、イキそうなの……、ああっ、す、凄い……っ」

美女の乱れように、自分のピストンの制御が利かなくなる。

幸樹は腰を大きく上げ、上から急降下爆撃をするように抜き差しを進める。

摩擦が一段と強くなり、肉襞にペニスのカリが引っ掛かる。それが幸樹の爆発を引き出しそうだ。

「ああっ、もう、ダメッ、ひっ、ひぃぃぃぃぃーっ」

叫び声を上げながら、志穂は大きく震えている。

そんな絶叫にも、幸樹は攻めの手を緩めない。奥歯を嚙みしめて、必死で姉アスリートを天国に送り込む。

「お、お姉ちゃん、イッている……」

隣で幸樹を待っている真帆が眼を見開いた。

「あう……、はあ……、もうだめっ……」

そう言うなり、志穂は大きく痙攣した。それと同時に、一度緩んだ肉襞が、再度急に締め付けてくる。幸樹ももう限界だった。

「ああぁっ、イクよぉ……」

そう叫ぶと、姉アスリートの深いところに一気に放出し、子宮を白く染める。

瑞々しく、成熟した女体に、思うさま放出できる快美感。

最高の気分だ。自分の頭の中も射精の多幸感で、もうセックスはおしまいにしたい。

しかし、隣では美妹が待っている。自分と姉とのセックスを見て、更に期待を覗かせている美女を無視することはできなかった。

幸樹はベッドの上で半分失神している志穂から肉刀を抜き取る。

ペニスは、自分の精液やら志穂の愛液やらですっかり汚れている。また、まだ硬さはそこそこ残っていたが、射精前の鋼鉄のような強さはない。

しかし、さすがに姉妹のアスリートコンビだった。真帆は、姉の陰唇から肉棒が抜き取られると、汚れを厭うことなくそこに口を寄せてくる。仰向けになった幸樹の上から肉棒を咥えていく。

「お姉ちゃんと、マスターの味が混じっているわ……」

ペチャペチャと音を立てながら、熱心におしゃぶりしてくれる。

セックスからお掃除フェラまでのスムーズなバトンタッチは、姉妹のコンビネーションの調整が上手くいっているような証のように思える。

(あとは残った精液をしっかり真帆に注ぐんだ)

そのためには、もう一段逸物を硬くしたい。

「シックスナインでもいいかな……」

更なる興奮を求めた幸樹の言葉に、真帆は、ペニスを口に咥えたまま幸樹に乗って、女の中心をその顔の上に持ってくる。

幸樹のものを既に生で入れていた真帆の膣口はぽっかり開き、中の生肉がよく濡れている。その愛液を啜ってやると、口唇愛撫の気持ち良さも相俟って、今放出したばかりのペニスも、その前までの硬さに戻る。

「もう大丈夫だ。真帆さん上から入ってきて……」

「上からですか……？　ああっエッチっ……」

そう言いながらもしっかり跨り、ゆっくり腰を下ろしてくる。男の切っ先を自分の秘苑に当てると、更に腰を下ろす。

「ああっ、す、すごいぃぃぃっ……」

半眼にした表情が菩薩のようだ。逸物が真帆の柔襞をかき分け、一気に子宮口を突き上げる。

「ああっ、深い、深いの……」

女性上位で密着すると、真帆の腰がうねるように動き始める。その動きがいやらしい。

「真帆さん、エッチですよ……。ああっ、チ×ポが締め付けられるぅ……」

幸樹が思わず声を上げると、真帆は、「だって……」と言いながら俯くが、しかし、腰のねっとりとした動きは止まらない。

それは、男の象徴からたっぷりと搾り取ろうとする女の貪欲な姿だった。

幸樹はそんな真帆に触発され、自らも下から突き始める。

「あっ、あっ、あっ、あっ……」

リズミカルに快美の声が真帆の口から漏れ出していく。

いつもなら、もう発射してもおかしくない。しかし、ついさっき、志穂の中に放出したばかりだ。さすがにまだ力不足だ。

その時、ようやく、たっぷり中出しされた姉が起きだしてきた。上気した顔を晒しながら、妹と今さっきまで自分と繋がっていた男のセックスを眺めている。

その志穂に、美和が囁いた。

「真帆とキスするのよ」

その言葉に浮かされたように、真帆に近づく姉。唇を寄せていくと、真帆は姉とのキスに応えていく。

それが上手くいくように、幸樹も腰の動きを抑える。

姉妹のキスは最初は可愛らしく唇を合わせるだけだったが、すぐに姉が積極的に舌を出し、お互いの舌が絡み合い始めた。

幸樹に繋がりながらするキスは妹の性感を昂らせる。肉棒の締め付けが一段と厳しくなる。

(あああっ、ますます締まっているよ……)

ただ、真帆は顔だけ横を向いており、なかなかキスにもセックスにも集中できない様子だ。

「志穂さん、僕の身体を跨ぐんだ」

幸樹はひらめいた。

志穂は、もう何も躊躇することなく、幸樹の身体を膝立ちで跨ぐ。

「はい、姉妹のキスは続けて……、そして、僕に顔面騎乗してください」

「えっ、こう、こうでいいのっ……？」

見開いた眼の上に、美女のぐしょぐしょに濡れた陰唇が見える。液滴が幸樹の顔の上に落ちた。

「あとは、もう少し腰を落として……、そう、そんな感じ……、オマ×コが、僕の伸ばした舌に当たるように調整して……」

志穂は腰の位置を少しずつ動かして、自分の今中出しされたばかりの肉壺を、幸樹の口の上に持ってくることに成功させた。

「うん、それでいいよっ。美和さん、枕を僕の頭の下に入れて……」

美和が枕で幸樹の頭の高さを調整してくれる。

「こうしながら、真帆さんの中に中出しできれば、二人のコンビネーション回復は間違いなしだよっ……。何があっても二人はキスを止めないでね……」

「真帆……」

「志穂姉ぇ……」

位置決めをする間離れていた二人の唇が再度重なった。

もう、幸樹には志穂の身体が邪魔をして二人の様子は見えない。しかし、美和が幸樹の代わりをしてくれた。

「出来るだけ、ディープキスしてね……」

指示を出す。

「ペチャ、ペチャ……」

二人のキスが熱を帯び、舌同士が擦れあう音が幸樹の耳にも届いた。

「幸樹くん、動いてあげて……」

水泳を辞めた後も鍛え続けた腹筋を使う時だった。

幸樹は、下から妹アスリートの腰を突きあげる。

同時に、姉の濡れ濡れの股間に舌を伸ばす。姉の中を舌先で押し上げると、今注いだばかりの精液が、自分の口の中にも入ってくる。

(ああっ、締め付けられる……)

真帆が興奮している。今まで以上に肉襞が肉竿を締め付けてくる。

志穂の股間からも、新たな蜜液が幸樹の口内に注ぎ込まれる。

3Pになったことで、全員がこれまで以上に興奮していた。

二人が上に乗っているのだから、もちろん重い。しかし、その重みを感じさせないほどの快感を、今、幸樹は感じている。

（最高だよ……）

幸樹は、妹アスリートの強い締め付けに抗うように腰を使った。姉の秘芯には、中の粘液を全て吸い上げるつもりで、舌を使う。

ズコズコとチュウチュウとが共振する。そこに女同士の舌の絡み合いもペチャペチャと加わり、三つ巴（どもえ）の爛（ただ）れたセックスはクライマックスを迎える。

「あっ、あっ、あっ、そ、それっ、あっ、あっ、凄い……っ」

「ああっ、ああっ、ダメよぉ……」

志穂と真帆は、あまりの快感にもうキスをしていられない。

お互い声を震わせ、自らの快美の海に溺れている。

幸樹も二人の蕩けた秘部に感動している。最高の快感に全てがどうでもよくなりそうだ。

（ああっ、また出そうだよっ……）

遂に新たな射精感が、急激に幸樹を襲った。

そこに新たな真帆の震えが加わった。

「ああっ、あたし……、もうダメぇ……。お姉ちゃあああん……、イク、イク、イッちゃう……」

真帆が絶頂の声を上げながら、全身をがくがくと激しく痙攣させる。

幸樹から搾り取ろうと、強くなっていた締め付けがまた一段と強まる。

「ああっ、僕も、限界ですぅ……」

絶頂している妹に、幸樹は下から吹き上げる。

「ああっ、お、オマ×コにぃ、マスターの精液が来てるぅ……、ああっ、最高なの……」

精が撃ち込まれると、スリムなヒップの筋肉が悩ましげに揺れる。生殖液を受ける悦びに、膣肉が更に蠢(うごめ)く。

最高の３Ｐに、幸樹は、志穂と真帆の姉妹コンビの復活を確信した。

第六章　水着プレイに悶えて

志穂と真帆の姉妹は、翌日から海外遠征旅行に出かけて行った。

予想通り、連戦連勝らしく、幸樹へも喜びの報告がＳＮＳで入ってくる。

こうなってみると、幸樹にとっての一番の心配は、やはり愛美のことだ。幸樹と一か月以上離れて、もう精液の神通力はすっかり消え失せてしまったようだ。

ＳＮＳで応援のメッセージを何度も送った。数日前まではそれでも既読はついた。しかし、ここ二、三日はスマホを開ける気力もないのか、既読すらつかない。

（どうしたのかな、そろそろ帰国のはずだけど……）

幸樹は、仕事が手につかなくなるほど心配で、居ても立ってもいられないが、レストランを休むわけにもいかない。悶々としながら、日々を送っている。

（こうやって見ると、俺って、愛美が一番好きなんだな……）

今、美和の率いる城南大のバレー部は地方を廻(めぐ)って、交流試合の真っ最中だ。志穂・真帆のコンビとともに、それぞれ気にはしているが、この三人については、気にはなっても仕事に手がつかなくなることはない。

そうして愛美が帰国した晩。早速彼女は幸樹を訪ねてきた。

「お願いお兄ちゃん、エッチしてっ。愛美、お兄ちゃんにエッチしてもらえないと勝てない……」

愛美は玄関先で裸になりそうな勢いだった。

幸樹は、その勢いに押されるようにして、彼女を寝室に案内する。愛美は服を脱ぐ時間ももどかしいように全裸になると、早速抱きついてきた。

幸樹の精液は、愛美にとって勝利へのカンフル剤なのだ。

愛美はよがり泣き、予定通り、膣の中にたっぷり射精された。

「ああっ、お兄ちゃん、ありがとう。これで、愛美は復活できるような気がするわ……」

「そうだよ。愛美は絶対勝てるよ」

幸樹は励まし、まだ全裸の愛美の肩をポンポンと叩いた。

しかし、幸樹の神通力もここまでだったらしい。

次の試合は強化選手同士による練習試合だったにもかかわらず、愛美は三位に沈んでしまったのだ。

愛美の落ち込みようは尋常ではなかった。

試合の日の夜遅く、訪ねてきた愛美の憔悴ぶりに、幸樹は仰天してしまった。

チャイムの音に気付いた幸樹が玄関のドアを開けると、幽霊のように暗い愛美が、いつものジャージ姿で立っていたのだ。

愛美は何も言わず幸樹に抱きついてきた。

そして、さめざめと涙を流し始める。

幸樹も何も言わずに、愛美の身体をぎゅっと抱きしめる。そして、涙の止まらない妹分の唇を求めた。

冷たい唇だった。

玄関で長いキスになる。ディープキスだが、激しく舌を絡ますことはなかった。愛美の涙が、幸樹の舌にも達し、その塩辛さを感じる。

キスを続けているうちに、ようやく愛美の身体の震えが収まってきた。

「ホットミルクでも飲むかい？」

小さく頷く愛美をリビングに案内し、幸樹はホットミルクを用意する。愛美の前に並べると、砂糖を添える。

「お砂糖を入れて、甘くして飲むといいよ」

その言葉通り、砂糖を二杯入れた愛美は、スプーンでミルクをかき混ぜながら、ぽつぽつと話し始めた。

「お兄ちゃん、あたし、引退したほうがいいかもしれない……」

「へぇぇ、またどうしたの……？」

幸樹は敢えて気のなさそうな口調で答えた。

「だって、勝てないし……、記録も伸びない……。ここままじゃ、オリンピックなんか絶対無理」

選手選考のための日本選手権はもう間もなくだ。

「そんなことないんじゃない……？　ずっと勝ち続けていたんだから……」

「でも……、それは……、あたしの実力じゃない……」

「そんなことないよ。愛美の実力だよ」

「ううん……。それはお兄ちゃんのお陰だもん……」

確かに幸樹とセックスした女性アスリートたちが勝っている。愛美だって、一年ほどは不敗の記録を達成したのだ。

その点では、幸樹が彼女たちに何らかの影響を与えているのは事実だった。しかし、それは、ドーピングのように身体に直接影響を与えるものでは決してない。幸樹は、おそらく、美和がかつていみじくも言ったように、幸樹とセックスすると頭が冴える、といったメンタルな作用に違いないと思っている。

「本当はね、あたしは一年前に引退すべきだったんだよ。でもお兄ちゃんにエッチして貰ったら、急に勝てるようになっちゃったもんだから、調子に乗って、オリンピックに出る、なんて言っちゃってね……。本当はそんな実力もないくせにね……」

「確かにそうだったかもしれないね。あの時引退して、残りの大学生活を面白おかしく過ごす方法もあったよね」

幸樹はそう言うと、愛美の顔をじっと見つめた。

「でも、そんな気持ちの弱い愛美だったら、エッチしなかっただろうと思うよ。僕は、精いっぱい努力して頑張っている愛美が好きなんだ。それに結果が付いてくる方が良いに決まっているけど、どんなに頑張ったって、結果が付いてこないことってあるよね。僕も昔はそうだった……」

そして、遠い昔を思い出すように眼を瞑った。愛美は目を伏せたままだ。

眼を瞑ったまま続ける。

「愛美は、『芙蓉(ふよう)スイミングクラブ』のことを覚えている?」

「うん、どうして？」

芙蓉スイミングクラブは、二人が通っていた全国有数のスクールで、愛美は高校卒業までここに所属していたのだ。

「あの頃、愛美の水着が羨ましくて……。選手になると、芙蓉のロゴが入ってただろう」

「うん」

愛美が頷いた。

芙蓉では、ランクごとに練習用の水着が決まっていた。

普通のクラブ生であれば、ごく普通の紺のスクール水着だが、選手コースになると臙脂(えんじ)色のスクール水着に変わり、選抜メンバーに入ると、その水着にクラブのロゴが入る。

ロゴ入りの水着こそ、芙蓉スイミングクラブメンバーの憧れだったのだ。

「愛美はロゴ入りの水着をあっという間に渡されて……」

「お兄ちゃんも着ていたじゃない……」

「僕が着ていられたのは、ほんの短い時期だよ」

小さい愛美の方が、幸樹の一年も前に選抜メンバーに入っていた。

「あたしに嫉妬した……？」

「うん、ちょっとね。でも、愛美の才能が僕とは格段に違うことはそのころから分かっていたから、嫉妬というよりも凄いな、という気持ちが先にあったよ。憧れの対象、かな……？」

「そうだったんだ」

「だから、自分がロゴ入りの水泳パンツを渡された時は、とても嬉しかったし、逆に返上するときは、残念だった……。自分の才能のなさと不甲斐なさに、パンツを握りしめて泣いたよ……」

それから再度、愛美の顔を見つめる。

「でも、それは仕方がないんだよ。僕は限界だった。どんな選手も必ず引退するときが来る。勝ち続けたまま引退する人もいないとは言わないけど、僕はボロボロになって、自分で自分に引導を渡したよ」

愛美は、そんな告白をした幸樹を痛々しげに見ている。

幸樹はお茶を一口に含み、ごくりと飲み込んだ。

「それが、愛美にとって、今なんだろうな、というのは分かるよ。でも、あの芙蓉の憧れの水着で颯爽と泳いでいた愛美のことを思い出すと、僕のために、もう一回泳いでほしいんだ……」

「でも、あたし、もう勝てない……」

二人の間に沈黙が生まれた。重苦しい雰囲気が二人の周りを満たす。

それを打ち壊すように幸樹が、口調を変える。

「あのさ、ちょっと訊くけど、愛美にとって僕って何……？」

「えっ、カレ……かな？」

急にそんな質問が来るとは思わなかった愛美は、戸惑ったように答えた。

「認めてくれるんだね……？」

「うん。だ、だって、そうでしょ……？」

「だったら、愛美が引退したら、僕のお嫁さんになってくれるよね」

「うん、まあ、お兄ちゃんがプロポーズしてくれるなら……」

「じゃあ、それは決定。愛美が引退したら、僕と結婚して、この店のマダムになって貰う。よろしくお願いします」

何ともムードのないプロポーズだったが、幸樹はまだあきらめていない。何としてでも選手権に出場させて、あわよくば、優勝を狙わせるつもりだ。

「こちらこそ、よろしくお願いします」

かしこまった愛美が頭を下げた。

「これで正式に、僕は愛美の婚約者だ……。愛美は、婚約者の僕の言うことを聞いてくれるよね」

愛美は曖昧に頷いた。

「じゃあ、引退は日本選手権が終わるまでお預け。そして、前の晩は僕に抱かれるんだ。今度は婚約者としてね。僕は、愛美が絶対に負けないように頑張るから、愛美も僕の言うとおりにするんだ」

「うん、お兄ちゃん……ううん、お兄ちゃんじゃないよね。今から正式の婚約者なんだから、幸樹さん、って言わなければね」

そう言うと、愛美は再度居住まいをただした。

「よろしくお願いします」

ようやく可愛らしい笑みを浮かべた。


そうやって、半死半生の愛美を落ち着かせて帰らせた翌朝。幸樹は一人で頭を抱えていた。

啖呵（たんか）はきって見せたものの、幸樹はまったく自信がなかった。幸樹はもともとマイナス思考が強いのだ。プレッシャーに耐えられない。それが、自分がアスリートとして大成できなかった理由の一つだ。

(そんな俺が、偉そうなことをよく言ったよな……)

「あーあ」

つい力なく溜め息を吐いてしまう。

(こういう時は、誰かに相談するのが一番だよな……)

思いつくのはもちろん美和しかいなかった。

美和にSNSで連絡を取ると、自室にいた美和は、すぐに飛んできた。

「どうしたの、愛美のことって……」

幸樹は、愛美が幸樹とセックスした翌日の試合でも優勝できなかったことを説明した。

「美和さんは否定するかもしれないけど、本来、男の精液に、アスリートを勝利させる成分なんて入っている訳ないから……」

「それは違うわ。勝てなかったのは、幸樹くんがちゃんと抱かなかったからよ」

「中に出しましたよ」

「そりゃそうでしょ。それがマストなんだから。でもそれだけじゃあダメってことでしょ」

「ちゃんとしているつもりだけどなあ……」

幸樹の声が小さくなる。

「幸樹くん、あなた、愛美を本気で愛撫して、本気でイカせてないいんじゃない？」

それを言われると弱い。確かに、愛美のことを嫁にしたいほど好きなのは事実だが、エッチはもうすっかりマンネリ化している。

仕方がない側面もある。

彼女とセックスするのは、いつも試合の前日で、彼女の都合だけで抱いていたのだ。自分がムラムラして、どうしても彼女を抱きたいと思って彼女と身体を重ねたのは、思い出せないくらい遠い昔だ。

「そうかもしれないです……」

返事した幸樹に、美和は言った。

「だったら、答えは出ているじゃない。この間、あたしを抱いてくれた時も、志穂や真帆とエッチしてくれた時も、幸樹くん、本気であたしたちをイカせようとしてたよ。あたしたちがイッてから、中出しをしてくれた」

確かにそうだった。美和や志穂、真帆には、自分も真剣に立ち向かっていた。

「愛美にもそれと同じようにしてやればいいのよ。そうすれば、彼女だって、絶対に復活できる……」

美和にそう勇気づけられると、幸樹も頑張ろうという気がしてきた。

「ありがとう。美和さん。確かにそうだね。僕が真剣に努力もしないで、一人で悩んでいるなんて馬鹿みたいだ……」

「そう。分かればいいのよ。そうね。あとは禁欲ね。今度彼女とエッチするのはいつになるの」

「一週間後です」

「丁度いいんじゃない。精力絶倫の幸樹くんが一週間禁欲したら、精液もものすごく濃くなると思う。愛美を本気でイカせた後、たっぷり中出ししてあげれば、彼女の優勝間違いなしよ」

美和にそう言われると、本当にそうかな、と思えるのが不思議だ。

「そうですね。頑張ります」

その言葉ににこっとした美和は、幸樹にしなだれかかってきた。

「じゃあ、その練習を兼ねて、これからあたしを思いっきりイカせて……」

（ああっ、美和さん、抱きたい……）

しかし、今禁欲を決心したばかりだ。その五分後に禁を破るわけにはいかない。

「美和さん、今日は許してください。僕は、今度愛美を抱くまで、誰ともエッチしません。今、そう決めましたから。ごめんなさい」

美和の前に平伏した。

「そうね。それでいいわ。うちの大学からオリンピックに出られそうな愛美のために、あたしも我慢するわね」

そう言うと、美和はにこやかに去っていった。

そして、愛美との約束の日。自分が本気で愛美に向き合うために、店は昼営業だけにした。

午後二時に店を閉めると、幸樹は一度全裸になりシャワーを浴びる。それから新品の下着を身に着け、同じく新品のシャツとズボンを身に着けた。

これが幸樹の沐浴斎戒（もくよくさいかい）のつもりである。こうやって、気持ちを愛美とのセックスに向けていく。

一週間の禁欲はきつかった。今、自分の精子タンクは、濃縮された精液で溢れそうになっているだろう。逸物は今はまだ柔らかいが、ちょっとした刺激でガチガチになること、疑いない。

しかし、こうやって着替えた姿は、なかなかスマートな青年に見える。

愛美にもしっかり着飾ってくるように言ってある。

愛美は練習・ミーティングの後、一度自室に戻って、着替えてから出てくるという。

いい時間になるだろう。

幸樹は、それから二人のためのディナーを用意する。これからのセックスが上手くいき、更に、明日の試合にも勝てそうな、フィレステーキだ。肉も最高級の和牛を奢(おご)った。

最後にステーキを焼けばいいようにして、彼女を待つ。

遂に愛美がやってきた。

「こんばんわ、幸樹さん」

部屋に入ってきた愛美を見て、幸樹は驚いた。

(えっ、愛美って、こんなに可愛かったっけ……)

いつもは、アスリート姿の愛美しか見ていない。ジャージ姿でノーメイク。幸樹の部屋や店に来るときは、それ以外の服装で来たことはないのではなかったか。

しかし、今日はエレガントなお嬢様風のワンピース姿だ。メイクもばっちり決めている。

アスリート姿でも十分可愛い愛美が、着飾るとどういうことになるか。幸樹の心拍数が急に二倍に上がった。

「愛美、可愛いよっ……」

言わずにいられなかった。

「幸樹さん、今日はよろしくお願いします……」

お淑やかに目を伏せる姿が、また可愛すぎる。

（こんなかわいい子と、これからエッチするんだ……）

そう思うだけで、逸物が爆発しそうだ。

「ホーッ、愛美、凄く可愛いよっ」

「お兄ちゃん、赤くなっている」

二人とも照れ隠しを言い合い、お互いに顔を見合わせて笑った。

（いくら着飾っても、中身は普段の愛美だ。幸樹、しっかりするんだ）

自分を鼓舞し、幸樹は料理のサービスを始めた。

新しいワインを開けて乾杯する。ただし、酔っぱらうわけにはいかないので、一杯だけにする。赤ワインでのどを潤しながら、ステーキを食べ、用意したケーキも食べ、最後にコーヒーを飲んだ。

食事の時は昔話で盛り上がった。お互いに意識して水泳の話やこれからの話は避けていた。

食事が終わって食器を片付ければ、あとはやることは決まっている。

何度となく抱いてきた美少女だったが、今日はいつもと違った緊張がある。

「お風呂は入ってきた？」

「うん。入って綺麗にしてきた」

「じゃあ、寝室に行こうか」

このためにシーツも新品に替えた。部屋も念入りに掃除済みである。

部屋に入ると、二人でベッドに腰を下ろした。

幸樹は愛美の手の甲に、自分の掌を重ねる。

ピクッと反応する愛美が初々しい。

そっと顔を近づけてやると、愛美は眼を瞑って唇を突き出してくる。そこに優しく唇を重ねてやる。

「あはん」

愛美は鼻にかかった吐息を零し、身じろぎする。

幸樹が唇から舌を出してノックすると、小さく開いた唇から幸樹の口に舌が侵入してきた。

幸樹はそれを甘噛みする。チュッと吸い上げれば、愛美の息遣いが荒くなる。

愛美とは何度もセックスしているのだが、こんな反応を見せたのは、初めて身体を交わらせたとき以来のような気がして、幸樹は嬉しくなる。

歯磨き粉(はみがこ)のミントの香りを感じながら、幸樹は舌を甘噛みし、それから優しく吸い上げる。丁寧なキスは、女子大生アスリートを燃え上がらせた。

「はああっ、うんぐ、んちゅぅ……、レロッ……、レロッ……」

舌が擦れあう音が淫らに響く。

愛美の舌もどんどん積極的にくねらすようになってきた。二人の舌が、お互いの唾液を舐めあう。

愛美は目元を赤らめ、「ああっ、素敵っ」と小声でつぶやいた。

濃厚な口づけを交わしながら、手指を絡めさせていく。愛美の掌にはしっとりと汗が浮いている。

しっとりした手を擦り合わせるようにすると、愛美の手はピクリと反応した。

「ワンピース、脱がせてもいいかい……」

「うん、お兄ちゃん」

幸樹は背中のファスナーを見つけると、ゆっくりと下ろしていく。日には焼けているけれども肌理細やかな愛美の背中がだんだん露わになっていく。

「えっ、愛美、これっ……」

幸樹は驚きのあまり、ワンピースをむしり取った。

彼女が下に着ていたのは、あの、懐かしい芙蓉スイミングクラブのロゴ入りのスクール水着だった。

「どうしたの……」

「だって、お兄ちゃん、これに憧れていた、って言っていたから……」

「ちょっと、立ってもらってもいい……？」

恥ずかしげに、幸樹の前に立ちすくむ愛美。

古いスクール水着は、童顔の愛美によく似合っていた。

しかし彼女の肉体を覆っているのは、見慣れた水着とは違っていた。乳首の突起が、はっきり浮き出ていたのである。

「ど、どうしたの……、これ……」

そこにそうっと指を伸ばしていく。

「裏布、外してきたの……」

幸樹は水着の上からゆっくりと乳房を揉み始める。しかし、水着の上からだと、どうしてももどかしい。

「直接触ってもいいよね……」

うん、と頷く愛美を見つめながら、水着の下に手を入れていく。伸縮自在の水着が、幸樹の手の甲の形に伸びる。その下で指を動かしていく。

「ああん、ああん……」

小声で悦びを訴える。

「おっぱい揉まれるの、気持ちいいの？」

「だって、これ着て、こんなエッチなことしちゃいけないから……」

「でも、愛美がこういうエッチをしたかったんでしょ。裏布も取ったし……」

「ああっ、ああん……」

それには答えず、愛美は快美の声を上げる。

「おっぱい、むき出しにしちゃうね」

幸樹はそう言いながら、水着を乳房の間に寄せ、形のよい乳房を顕(あら)わにする。すっかり屹立したピンク色の乳首がいやらしくも可愛らしい。

幸樹はそこに指を伸ばして摘まみ、コリコリと転がしてみる。

「ああん、お兄ちゃん、エッチ……」

熱い吐息が、いつもの愛美とは違ったしっとりとした声に聞こえる。

「こんな格好で、お兄ちゃんを誘おうなんて、愛美は悪い子だよ……」

「だって、愛美はお兄ちゃんのお嫁さんだから、お兄ちゃんの好きな格好で抱かれたかったの……」

「ああっ、愛美ぃ……」

幸樹は、激しく妹分の乳房に吸い付くと、もどかしい思いとともに、自分のシャツとズボンも脱ぎ捨て、もっこり盛り上がったブリーフ一枚になる。

二人はベッドに倒れ込み、幸樹は自分で愛美の乳房を愛撫する傍ら、愛美の手を自分のブリーフの上に導いた。

愛美にとって、勝手知ったる自分を愛する道具である。上から愛しそうにゆっくりと撫で始めた。

「カチカチだよ」

「愛美はカチカチが好きだからな。その好みに合わせたんだ」

「ありがと」

愛美の眼に淫蕩な光が輝く。

「お兄ちゃんがおっぱい弄るのと同じように、ここを直接触っちゃおうかな……」

「いいよ。中に手を入れてみる？　それとも脱ごうか？」

「うふふ、まずは手だけで確認しちゃおう……」

ブリーフの中に右手を入れていく。

「どうだい、久しぶりの僕のち×ちん……」

「やっぱり、硬くて、ごつごつしていて、気持ち悪いかな……」

「その気持ち悪いもの、愛美は嫌いか？」

「ううん、好き。大好きっ！」

愛美は、肉根を握りしめて上下に擦りながら、幸樹の胸板にキスをする。

愛美の淫蕩な瞳が、更に潤んでくる。

「そろそろ、直接見て触りたくなったんじゃない？」

「うふふ、お兄ちゃん、愛美の気持ちが分かるんだ？」

「そりゃね。愛美の夫だから……」

幸樹はベッドの上に立ち上がった。その前に愛美はすり寄ってくると、ブリーフに頬ずりをする。

「じゃあ、脱がさせていただきます」

丁寧に言った愛美は、ブリーフを一気に下ろした。幸樹の砲身が一度ゴムに引っかかった後、反動で上に跳ね上がり、上下に揺れる。

「ああっ、凄いっ」

びっくりした様子で、愛美はそれを見つめるが、上向きになって動きを止めた肉砲にゆっくり手を伸ばしてくる。

「愛美、お兄ちゃんのこれが、一番好き……」

「愛美が好きなものだから、好きにしていいよ」

水着から乳房をむき出しにした美少女は、肉棒を両手で捧げるようにして擦ってくる。

「やっぱり見ながら擦った方が良いかな……？」

「分かんないけど、この方がお兄ちゃんの反応がはっきり分かる……」

真剣な面持ちで擦っていく。

「おしゃぶりも、構わないからね」

愛美はその言葉を待っていたかのように、顔を逸物に寄せ、ぱくりと咥えた。

そのまま、亀頭をじっくりと舐めまわしている。

水着姿が、より興奮を増加させる。

考えてみると、愛美にされる久しぶりのフェラチオだった。いつもは、こんな事前愛撫はほとんど省略して、セックスの本番に至っていたのだ。

いかに事務的なエッチだったのだろうと、幸樹は後悔した。あの時も、もっと真面目に思いやってセックスをすればよかったのだ。

愛美も慈しむように、舌をねっとりと這わせている。舌先で裏筋を小さく刺激し、それから、カリの部分も舌を密着させてしっとりと味わっている。

「ああっ、愛美、美味しいのか？」

しゃぶりながら頷く愛美。舌先で刺激されるところが気持ちいい。愛美の舌捌きは水泳のストロークに似て豪快だ。それが、禁欲してきた幸樹には辛い。イキそうになるのを必死にこらえるが、先走りの漏れ出すのを止めるのは無理だった。

「お兄ちゃんのおち×ちんの先から何か出ているよ」

「ぼ、僕が我慢している証拠だよ……」

辛そうに答える。

「もう出したいの……？　出したいなら、愛美の口の中に出してもいいよ……」

「だ、ダメだよ。そ、そんなことしたら、せっかく愛美の中に出すはずだった濃いものが、薄くなってしまう……」

「そんなのいいの。あたしは、お兄ちゃんの前では、水泳選手である前に、お兄ちゃんの好きなエッチをされる人でいたいの……」

愛美がまさか、そんなことを言うとは思わなかった。

「それじゃあ、勝てないぞ……」

「いいの。なんか、お兄ちゃんの好きなエッチをしてもらった方が愛美も嬉しいし、それで勝てなくても、お兄ちゃんを満足させられたことだけは間違いないから……」

その通りだろう。でなければ、神聖な水着で、自分を誘惑するはずがないからだ。

(自分が、水泳より上なんだ……)

愛美にとって、一番大事なことは水泳であるとずっと思っていただけに、その言葉は、幸樹を有頂天にさせるのに十分だった。しかし、幸樹は直ぐに冷静になった。

(愛美が自分のことをそう見てくれていることが分かった以上、かえって今、口の中には出せないよな)

幸樹は、美女アスリートの肩を押すようにして、仰向けに横たわらせると、間髪をおかず自分から膝をついて愛美の足を取る。

「あっ、お兄ちゃん、何なの…」

「今日は、愛美に最高に気持ちよくなって貰う日だから……」

言うなり、水着を横にずらし、股間を露わにする。

「ああぁっ、お兄ちゃん……」

幸樹は、彼の乱暴な行為に驚いて身体を震わせている愛美の、セピア色のあわいを指で開いていく。

陰唇の合わせ部分を指で軽く押しただけで、水着の脇からねっとりとした粘液が零れだした。

（こんなに濡れやすかったんだ……）

あれだけ回数を抱いているから、愛美の秘苑のことは全て知っていると思っていたが、大きな間違いだった。丁寧に愛撫しあえば、愛美はもっともっと濡らしてくれる。

秘壺に指を伸ばしていく。

「ああっ、あっ、ああん、あうーん……」

中を鉤型に曲げた人差し指でかき混ぜてやると、女子大生アスリートは可愛らしいよがり声をあげて、腰のあたりをピクピク震わせる。

指がきゅっと締め付けられ、蜜壺の熱い液が、指先に染みてくる。

（指が中に引きずり込まれる……）

愛美の呼吸に合わせて、締め付けられた指が、中に吸い込まれていく。

（ああっ、めちゃくちゃエッチなことしているよな、俺たち……）

中から新たなやや白濁した粘液が、止めどもなく出てくる。

一番奥まで導かれた指先に、肉襞が絡みついてくるような感じだ。その動きが、愛美の愛情を示しているようで、幸樹は嬉しい。

クリトリスが屹立している。そこを小指で軽く弾いてやる。

「ああん、何、これっ、ああん、感じちゃうう……」

敏感なところが、もっと敏感になっているようだ。

てらてら光る愛美の股間は、幸樹の舌を求めているように見えて仕方がなかった。

幸樹は水着を破けんばかりに横にずらし、股間に舌を伸ばしていく。

「お兄ちゃん、脱いでからしてっ……」

「ああっ、でも、この水着姿が興奮するんだよ……」

秘芯に顔を寄せれば、愛美の発するフェロモンの香りがした。シャワーで使ったボディーソープの残り香に、秘壺から零れた独特の香りが混じって、男の気持ちを盛り上げる。

陰唇に沿うように舌を伸ばす。大陰唇の縁(ふち)をノックするようにしただけで、愛美はピクリと全身を反応させて悶え、美しいDカップがフルフルと震える。

「気持ちいいだろう？」

幸樹は確認するように声をかけると、大陰唇に狙いを定める。舌先で、そこをかき分けるように刺激すれば、中から新たな蜜液が零れてくる。

「ジュル」

意識して下品な音を立てて啜る。

「ああん、エッチぃ……」

愛美は、可愛らしい歓声を上げて、膝を震わせる。

「僕が愛美のここにエッチなことが出来るのは、愛美のオマ×コが可愛くて、とってもエッチに誘ってくれるからだよ……」

「だって、お兄ちゃんがエッチに興奮させるんだもの……」

そう言いながら、興奮に身体を赤く染めた童顔アスリートは、自ら水着を脱ぎだした。

「生まれたままの愛美をもっとエッチに愛して欲しいの……」

全裸になって横たわった愛美は自ら、幸樹に見せつけるように秘部を大きく開いていく。

その中心のクリトリスも刺激して欲しいと言わんばかりに、無防備にたたずんでいる。

そのいやらしさと、はかなさが同居したものを刺激するように、舌を伸ばしていく。

「あああああっ……」

美少女は、腰をがくがくと震わせる。

「お兄ちゃん、あっ、あああん、あああっ、あっ、あああぅ……。何で、何でなの……」

艶っぽい声が、幸樹の背中を後押しする。幸樹は夢中になって、大陰唇、小陰唇の双方を交互に攻め立て、ぴくぴくと物欲しげに震える秘所を舐め上げる。

蜜液は更に量を増し、むせかえるような甘い香りが、愛美の股間を満たしている。

幸樹は再度、指も使うことにした。

肉洞に人差し指を突き入れて中をかき混ぜながら、クリトリスに舌先の狙いを定める。

充血して赤味の増した小豆を舌先で捏ね回す。

「ああっ、はあぁっ、んんんんっ、ううううっ……」

愛美のよがり声がどんどん動物じみてくる。

「ああっ、あたしぃ、何が何だか、分かんない……。ああっ、変、変なの……」

叫び声とともに愛美は大きく身体をがくがく揺すり、開いていた膝頭が、愛美の様子に驚いて顔を持ち上げた幸樹の頬にヒットした。

「ああっ、はあぁぁんっ！」

愛美は、幸樹のクンニリングスだけで、完全に絶頂に達していた。

幸樹は打たれた頬を押さえながら、愛美が落ち着くまで、アクメに震える恋人を眺めた。

愛美の白目が黒目に変わる。

「イッたね……」

「あたし、大丈夫かな」

自分がこんなに激しくイクとは思っていなかった愛美が、不安げに幸樹を見上げる。

「凄いよ、愛美。ものすごく感度がいいよっ。こんな風になれるのは、愛美と僕の相性がいいってことだよ」

「あたし、最高かな……？」

「自信持つんだ。愛美は最高の女だよ」

そう言うと、幸樹は再度、愛美の股間に顔を寄せようとした。

「ちょ、ちょっと待って……」

「うん、どうしたの」

「もう、あたしだけ気持ちよくなるのは終わりにしたいの……。お兄ちゃんも一緒に気持ちよくなって欲しいの……」

愛美の気持ちはよく分かった。

幸樹の逸物も、さっきから臨戦態勢を維持して、先端からは、先走りの液が漏れ続けていた。

「そろそろ、ひとつに繋がろうね」

愛美が幸樹の顔をじっと見つめて、大きく頷いてくれた。眼の光が、今までの淫靡なものから強い意思を持ったアスリートのものに変わっている。

可愛さと美貌が混じりあったようなミステリアスな表情が、垣間見え、幸樹はドキリとする。

（エッチは何度もしているんだから……）

そう思うが、今日見せてくれた愛美の新しい表情に、幸樹はちょっと落ち着かない。

「じゃあ、いくね」

幸樹は、肉棒を今まで指と唇で愛していた秘苑に擦り付ける。

「ああん……」

熱いごつごつしたものが触れると、愛美の股間が嬉しさにぴくぴくと震える。

溢れ出ている蜜液が、肉茎に付着して、滑らかになる。

幸樹は愛美の腰に手を当てた。腰の筋肉が、手に吸い付いてくるようでそこも気持ちいい。

愛美の腰を持ち上げるようにして、逸物の切っ先を秘口にあてがうと、ぐっと入れていく。

「ぬちゃっ」

いつもより湿った音がして、中に入っていく。

中に入れれば、いつもと同じように蜜液交じりの膣粘膜が優しく男根に吸い付いてきた。

「ああっ、お兄ちゃんが、中に入っている……ぅ」

腰に少し力を込めただけで、馴染んだ蜜壺は、一気に奥まで亀頭を導いてくれる。

何度入っても、愛美の中の熱さは格別だ。幸樹の産毛(うぶげ)が逆立つような気持ち良さだ。

(ヤバっ、頑張らないと暴発しちゃうよ……)

禁欲とさっきの愛撫交換で、幸樹はもう沸点ぎりぎりまで達しており、いつだって出せそうだ。しかし、肉棒で愛美をすっかり気持ちよくさせた後でなければ、出すわけにはいかない。

ひと休みをするつもりで尋ねてみる。

「どうお、僕とひとつになった感じは……」

「お兄ちゃんの太いから、あそこが裂けそうに広がるんだけど、その分、ほんとうにひとつになっているんだ、という気分にもなれるの……」

「今まで、エッチした時とおんなじ気持ち……？」

「ううん、全然違うよ。今までは、何か、お兄ちゃんが栄養ドリンクだったんだな、って今思うの……、気持ちはよかったけど、今日みたいにドキドキしなくなっていた……」

「今はドキドキしているんだ……」

「うん、お兄ちゃんと繋がっていることで、何か気持ちが変わっている感じ……」

「気持ちいいの？」

「動けば気持ち良くなるんだけど。こうやって入っていると、凄く安心できるというか、そんな感じと気持ち良さとが同居しているようなの……」

確かに、肉襞が、愛美の呼吸に呼応するようにキュッ、キュッと締め付けてくる。

その感触が愛美の愛情を示しているようで、心地よい。

しかし、そうやってじっとしていると、愛美はじれったさを覚えるようだ。

腰のあたりが少しずつ大きく揺れ始めている。

「もう、動いた方が良いかな……？」

「ああっ、そうしてくれた方が、嬉しいかも……」

幸樹は一番奥までみっちり詰まっていた逸物を、ゆっくりと引き出してくる。

笠エラがズリズリと柔襞を引っかける。

「ああっ、お兄ちゃん、それも気持ちいいの」

ゆっくり二、三回出し入れすると、肉襞が、巻き込むように締め付けてきた。

「はあああん……」

愛美が美しい裸身をのたうたせる。

蜜洞が意思を持って、抜けていく肉棒をこれ以上逃がさないようにしているようだ。

幸樹はぎりぎりまで引いたうえで、ゆっくりと肉槍を捏ね回すように押し込み、柔粘膜を刺激していく。

「ああっ、愛美、お兄ちゃんにこうされるの、大好き……。ああっ、あたしの一番深いところまで突き刺さっているぅ……」

愛美が身悶えしながら、シーツをぎゅっと握りしめる。

いつものセックスで、愛美がこんなに快感を言葉にすることはなかった。それだけ、彼女にとっても今日は確かに特別な日なのだ。

「お兄ちゃんで、あたしが一杯になっているぅ……。なんて気持ちがいいのぉ……」

口先だけではなかった。膣圧が増し、愛美が自分の精液を求めていることを痛いほど感じる。

妖艶にうごめく腰は、いつもの愛美ではなかった。

「お兄ちゃんもあたしの中で、気持ちよくなってる？」

「ぼ、僕も最高に気持ちいいよっ」

幸樹の興奮も最高潮だ。

（やばいよ、限界だよ……）

許しを請うて出すしかない、と思ったところに、愛美が優しく誘ってくれる。

「そろそろ、お兄ちゃんももっと激しく動いて、私のあそこをいやらしくして、お兄ちゃんの溜まってるの、たっぷり頂戴」

双眸（そうぼう）の光がアスリートの厳しいものと、妖艶なものがない交ぜになっている。

「じゃあ、いくねっ」

幸樹はピストンのピッチを上げた。腰を前後に動かし、九浅一深のタイミングで、子宮口を集中的に攻め立てる。

「ひあああっ、あああああっ、あああん……、あっ、あっ、あっ、いつものお兄ちゃんと違うよぉ……。いつもより硬いものが、あたしの中をぐちゃぐちゃにするのぉ……、ああ、何でこんなにぃ……、おかしくなりそう……」

腰を往復させるごとに、先走りと蜜液とが混じりあって、滑らかさを増している。

もっとブレーキをかけないといけないと思いつつも、腰を止められない。

幸樹を求めている愛美の蜜穴に、ひたすら奉仕していく。

「ああっ、お兄ちゃん、キッスしてぇ……」

求める愛美に覆いかぶさるように口づけをする。

舌同士を絡ませながら、更に腰を動かしていく。

そうすることで、愛美への愛が更に深まっていくように思える。

もう愛美を勝たせるために本気でセックスをするという方針は、どうでもよくなっていた。

ただ、幸樹はぎりぎりまで我慢して、愛美を天国に送る。その思いだけで抽送を続ける。

「あっ、お兄ちゃん、あああっ、あ、あたしぃ、またイキそう……」

愛美の絶頂予告の甘い声とともに、彼女の秘唇は切なげに慄きながら、肉棒にますます深く吸い付き、妖しい蠕動を伝える。

「ああっ、愛美ぃ、僕も限界だぁ……、一緒にイこう……」

「一緒にイキましょう。お兄ちゃん、あたしの中にたっぷり頂戴……」

お互いの感情が絡み合い頂点に達した。

「出すよっ」

その直後、ずっと我慢していた硬いコックを幸樹は緩めた。一気に濃厚な液体が尿道を走っていく。

「ううっ」

最後は声にならない声を上げ、勢いよく子種をまき散らす。

「あああっ、来てるぅ、来てるのぉ、お兄ちゃんの精液がぁ、ああっ、あたし、イクぅ……、イクぅ……、イッちゃううう……」

肉棒はピクリピクリと痙攣しながら二度、三度と放出されていく。

白濁液を受け取る膣肉が、悦びに咽んで、激しくペニスを締め付ける。

「お兄ちゃんのおち×ちん、あたしの中で跳ねている……。ああっ、凄いわぁ……」

二人はそのまま感動の口づけを交わした。

翌日の日本選手権、幸樹は店を休んで応援に駆け付けていた。

二位以上でオリンピック出場が決まるこの試合で、愛美は予選二組で優勝、全体で二位という好成績で決勝に進んでいた。

夕方の決勝戦。第五コースに愛美の姿があった。

愛美は幸樹が応援に来ていることに気づいたようだ。眼を合わせると、一瞬ニコッと笑った。

次いで真剣に水面を見る。

(愛美、絶対大丈夫だから。必ず勝てるよ。僕の思いは必ず通じるから……)

幸樹は必死に念を飛ばし、祈った。

スタートの合図、一斉に飛び込む八選手。愛美は絶好調だ。五十メートルのターンでトップに立つと、そのまま二位以下を引き離し始めた。

(了)

※本作品はフィクションです。作品内に登場する
団体、人物、地域等は実在のものとは関係ありません。

まぐわいウォーミングアップ

〈書き下ろし長編官能小説〉

2020年5月14日初版第一刷発行

著者……………………………………………… 梶 怜紀

デザイン……………………………………小林厚二

発行人…………………………………………後藤明信

発行所……………………………………株式会社竹書房

〒102-0072 東京都千代田区飯田橋2－7－3

電 話：03-3264-1576（代表）

03-3234-6301（編集）

竹書房ホームページ http://www.takeshobo.co.jp

印刷所……………………………中央精版印刷株式会社

定価はカバーに表示してあります。

乱丁・落丁の場合は当社までお問い合わせください。

ISBN978-4-8019-2272-3 C0193